漫娱图书
SINCE BOOKS

进　击　的　美　人　系　列

有态度的中国古代美人

第一部分

真·大女主
皇室集团的大boss们

第一章

从贤妻良母到绝世悍后
——霸道皇后吕雉的成长之路

注定悲剧的婚姻

公元前221年，秦灭六国，一统天下。秦始皇在法家思想的指导下大力改革，推行书同文、车同轨，统一货币、度量衡，设立郡县制，加强中央集权……中华大地跑步进入“法治”时代。

新朝廷新气象。各郡县官民都在忙忙碌碌，适应着大秦朝的各种规章制度，街头巷尾贴满了告示，各郡县面貌日新月异。

其中在江苏沛县，有这么一个大龄未婚青年，大家都认识他。

他抱着个歪歪扭扭小篆体写的个人简历，内容是这样的。

姓名：刘季（字邦）
年龄：35岁
外貌：自己打8分，别人打3分。左边大腿有七十二颗黑痣，密

恐者慎

职业：长期无业，去年当选泗水亭长（居委会主任）

房产：祖传几亩薄田（抵押中）

婚史：无。但有一私生子（年轻时犯的错误）

本人虽然家境工作一般，但豪爽大方，爱交朋友，遍地哥们。

诚觅22岁以下未婚女性共度人生，要求：肤白貌美，温柔贤惠，家境小康，有田有房，孝顺老人（主要是我爹），性格好，不黏人，会做饭，身体健康，心胸宽广不吃醋。

刘邦抱着这么个征婚启事，盼着哪天能从天而降一老婆。但是一天天过去，愣是没一个人搭理他。

别人跟他说："老刘啊，以你的条件，再努力挣点钱，找个二婚带孩的寡妇就差不多了，哪个白富美眼瞎看上你啊！"

刘邦不为所动："老子是潜力股。"

冬去春来，日复一日，沛县的未婚男女青年们一个接一个找到生命之光，喜结良缘。只有刘邦，依旧孤零零地抱着他那惨不忍睹的简历，等待着那个瞎眼白富美的降临。

世界真奇妙，还真让他等到了。

山东单父县的吕太公，操劳忙碌一辈子，终于成了人生赢家：生意越做越大，家业越来越兴旺。膝下有儿有女，其中那个叫吕雉的小女儿长得如花似玉，今年刚满二十，求婚者踏破门槛。吕太公很挑剔，这也看不上，那也看不上，决心把女儿嫁给一个和自己一样的人生赢家。

可惜天有不测风云。吕太公早年做生意时得罪了黑帮，江湖上传言马上有人来寻仇。吕太公小心起见，决定举家搬迁避仇。因为他和沛县县令是好友，于是就搬到了沛县。

沛县县令决定给吕太公办一个欢迎宴会。

吕太公既然是县令的好友，沛县的其他官员为了巴结上司，当然要给面子，一个个带着红包去祝贺吕家乔迁之喜。

主吏萧何负责排定宾客的座次：贺礼不到一千钱的都安排坐在堂下，贺礼超过一千钱的，才能坐上大堂。

这里插播点秦朝物价：一斗米只需要三文钱。一千钱足够买一亩水草丰美的田地。

可见吕太公面子很大，来赴宴的都是当地富绅。这一场酒席下来，光收的红包就够女儿的嫁妆了。

萧何拆红包拆得手都软了。大家平均都送几百几千的，忽然，他眼睛一花，看到一个拜帖上写着："刘邦，贺钱一万！"

萧何昨天刚跟刘邦通宵喝酒，这会儿还有点宿醉，没过脑子就喊出来了。

吕太公人生地不熟的，还以为刘邦是个超级大土豪，赶紧吩咐仆人："快请进来，请上座！"

在座的沛县官员们你看看我，我看看你，都欲言又止。

还没等他们说出"哎呀吕太公慢着，这个刘邦就是我们这儿的一个小混混，他绝对拿不出一万钱"，刘邦已经大摇大摆地进来了，自来熟地跟吕太公寒暄："老人家在沛县住得可还习惯？"

吕太公先入为主，一看这年轻人相貌不俗（特意打扮的），气质出众（故意装的），满身绫罗绸缎（管别人借的），不敢怠慢，连忙跟他客气，询问他的姓名来历。

刘邦自我介绍说自己是亭长，一边走上堂，一边跟满座宾客打招呼，这个拍拍肩膀，那个当胸一捶："这些人都是我哥们！我们都一块儿喝过酒！"

这些有头有脸的富绅官商们面面相觑。大家都泡过酒吧，泡吧的时候也许刘邦也在，大家喝醉了可能也称兄道弟过。刘邦这话他们无法反驳。

萧何有点酒醒了。他良心尚在，便找个机会悄悄跟吕太公说："这个刘邦虽然人还算豪爽，但是只会说大话，没做过什么大事……"

刘邦咳嗽一声，顺手把萧何拍到一边去，又拍拍吕太公的肩，笑道："兄弟我在沛县是地头蛇，老人家有什么需要帮忙的，尽管吩咐。我刘邦为朋友两肋插刀！"

吕太公惊喜万分，完全忽略了萧何的警告。

他来到沛县本来就是为了避仇，这边马上来了个江湖大哥主动罩着他，那一家人的安全就有保障了哇！

于是赶紧向刘邦敬酒。刘邦口才出众，把吕太公说得高高兴兴的，也忘了那一万钱的事了。

等酒席接近尾声，吕太公醉醺醺地决定："小刘啊，我有个女儿还没嫁人，长得也不难看，你要是不嫌弃……"

刘邦故意沉思了好久，为难道："兄弟我当单身贵族好久了，不瞒老人家说，我的条件在沛县也算数一数二的，每天都有三五个提亲的媒婆……"

吕太公忙道："我们出十万钱嫁妆！"

刘邦面不改色："让兄弟再考虑考虑。"

刘邦空手套白狼。端着架子回家，当场就乐疯了，锁上门，在床上又唱又跳，然后赶紧去遣媒婆，趁吕太公酒醒之前，把这桩亲事定了下来。

沛县所有的父老乡亲都惊掉了下巴。

当然，吕太公酒醒之后，也觉得有点不对劲。但他是有头有脸的乡绅，说出去的话怎么能反悔呢？

他的夫人气势汹汹地质问：“你不是说要给咱们吕雉找个高富帅吗？你的县令朋友前来求亲你都不答应，为什么反倒把女儿随随便便给了这个小混混？你的良心不痛吗？”

吕太公支支吾吾道：“我，我昨天买了本看相算命的书，那上面说，刘邦的面相，呃，那个，骨骼清奇，相貌不凡，将来必成大事……”

吕夫人：“呸！”

以下省略一千字家暴。

夫君非良人，我该怎么办

吕雉就这么莫名其妙地嫁给了刘邦。她那本该一帆风顺的白富美人生，因为这个人，注定再也无法风平浪静。

吕雉本来是个养尊处优的大姑娘，处在最美的双十年华，这一下子成了别人的后妈，老公还比自己大十五岁，还不好好工作，不光不往家里拿钱，还时不时地要吕雉从娘家贴钱接济。

即便如此，吕雉也没工夫抱怨。新婚不久，吕雉就生了个女儿，然后又马不停蹄地生了个儿子，起名刘盈。

但儿女双全的刘邦依然不着家，每天戴一顶自制的竹帽到处闲逛。

吕雉一开始是很认命的。她辛苦从事农桑针织，自己养孩子，撑起一个家，期待未来的生活平静幸福，但刘邦却注定不是那个能给她平静幸福生活的人。

刘邦虽然官不大，但好歹是个亭长。有一次，刘邦奉命押解囚犯，却因为贪酒喝醉，几个犯人逃跑了。等刘邦酒醒，豪杰气发作，干脆把犯人全放了。

在大秦，这是个很严重的罪名。后来陈胜吴广起义的原因之一，就是因为他们本来要去戍边，遇雨误期，按律当斩，所以干脆揭竿而起了。

而刘邦把犯人给丢了，后果同样很严重，老婆孩子都得连坐。

可是刘邦根本没考虑老婆孩子，自己脚底抹油，直接跑路，躲进了深山。

大家过了好几天才得知刘邦跑路了。毕竟他经常夜不归宿，也不跟家里打招呼。

新婚的吕雉，不明白是不是所有人的丈夫都是这个德行。她先是担心，又是生气，最后还是责任感占了上风，于是抱着孩子，带着衣服和食物，在山里找到了奄奄一息的刘邦，跟他说："你的事儿让我爹摆平了，回家去吧。"

刘邦一见到她，却高高兴兴地说大话："老婆啊，我在路上斩了个白蛇，人家说那是白帝之子！"

吕雉觉得他是生活太艰苦，出现幻觉了。

谁知刘邦的一帮狐朋狗友却把这事当了真，当即大肆宣扬："我家刘大哥是赤帝之子，斩了白帝之子！"

吕雉终于发火，揪着刘邦的耳朵："回家种地去。"

刘邦却不安分。有一天秦始皇在咸阳做了噩梦，梦醒了喃喃说："东南有天子气。"这话传到沛县，刘邦嬉皮笑脸地说："哎呀，皇帝要派人来抓我了，我得赶紧逃。"

于是没劳动几天，刘邦又跑进深山快活去了。

吕雉捉老公已经捉出了经验。别人找不到刘邦，她却一抓一个准。刘邦垂头丧气地问："老婆，你怎么每次都能找到我在哪儿？”

吕雉心想：小样儿，你那点把戏能瞒过我？

当然她嘴上比较客气，说：“因为你脑袋上有天子云气，我大老远就看见了。”

刘邦又当真了，跟一群小弟大肆宣扬。

吕雉默默看刘邦作死。她大约想着，哪天刘邦真被判个谋反杀头，自己的苦日子也算到头了。

谁知世事无常，秦王朝并没有能够千秋万代。就在秦始皇去世的第二年，陈胜吴广于大泽乡起义，带动了多米诺骨牌。看似不可一世的秦帝国，以惊人的速度开始分崩离析。

沛县县令吓坏了，生怕哪天农民军攻进来要他命。这时候突然想起来，不是有个江湖老大哥刘邦吗！于是赶紧派人把刘邦从深山里请出来，请他帮忙约束县里这些“江湖豪杰”。

刘邦回到沛县，纠集一帮小弟，直接把县令杀了，自己当了县令，号称“沛公”，搭上了秦末农民起义的顺风车。

接下来的历史大家都很清楚了。刘邦抱上了项羽的大腿，跟着项羽推翻了秦朝。刘邦混混本性不改，项羽在前头打仗，他在后头捡漏，还反过来阻止项羽的军队入关。项羽忍无可忍，打算在鸿门宴上把这个大流氓给干掉。但项羽比较要脸，顾忌和刘邦的结义之情，最终还是手软，让刘邦逃了。

然后楚汉争霸，刘邦和项羽开始下象棋。刚开始，刘邦没啥优势，被高富帅追得抱头鼠窜，满中原乱跑。

而这时吕雉在干吗呢？

在沛县艰苦谋生带孩子，并且时常因为老公的谋反行为被官府捉去，来个牢城七日游什么的。

没错，刘邦“干大事”的时候，自然又忘记把老婆孩子带在身边了……

吕雉心里第一百零一次痛骂自己不靠谱的老爹：为什么当初没把刘邦从酒席上赶出去！

彭城之战，项羽只率三万精兵便击溃刘邦五十六万大军。刘邦被打得内裤都快丢了。项羽率军追击的时候，顺便把刘邦的老父老母，还有吕雉一锅端，一起捉到楚军大营。

吕雉的一双儿女没有被捉。不过，你们以为这俩小孩就幸免于难了？

刘盈姐弟俩跟着刘邦逃命，刘邦却嫌马车跑得太慢，一次次把儿子女儿踹下车。多亏赶车的人心肠好，顶着刘邦的大皮靴，一次又一次坚持把孩子给捞回来。

亲爹，绝对是亲爹。

求俩小孩的心理阴影面积。

自救不靠天，变化是必然

吕雉在项羽的俘虏营里欲哭无泪。

一个弱女子被困在全是彪形大汉的楚军大营中。吕雉遇到了什么我们不知道，但我们能猜到的是，在那个惊心动魄的夜晚，吕雉蜕变了。她终于意识到，是时候把“相夫教子”“温柔贤惠”这些东西抛出自己的人生了。

她现在的目标，以及她日后唯一一个人生目标，就是生存。

她那时还不知道，一个默默无闻的女人的蜕变，对日后的历史，会产生什么样的影响。

“咔哒”一声，牢房门开了。一个高大的身影矗立在门口，赶走了阿猫阿狗，礼貌问候："夫人受惊了。"

项羽，现年二十七岁，身高一米九八，有着力拔山兮气盖世的胸肌腹肌肱二头肌，却一点不显得粗鲁，反而眉清目秀，丰神俊朗。他目有重瞳，目光偶尔会透出异于常人的凌厉，提醒着无知众生，眼前的这个大个儿不仅是高富帅，更是冷血嗜杀的战神。

项羽出身贵族，很有修养，尽管对刘邦恨之入骨，但对于他的家眷，还是很礼貌的。

他把吕雉叫出来，跟她道歉："汉王与我军对峙已数月。对于目前的形势，我也很遗憾。"

吕雉乐了："刘邦都混成汉王了？"

项羽脸一黑："我封的。"

吕雉微微一笑。

项羽不自在地咳嗽一声："听说夫人是汉王的结发妻子，为他生儿育女，想必与他伉俪情深。在下虽然不愿打不义之战，但当前事态，万不得已之时，也许要委屈夫人一下……"

吕雉不傻，马上明白了，他这是要打亲情牌，用自己的安危，威胁刘邦投降。

若放在以前，她早就哭了：项羽大王啊您收了这份心吧，刘邦这几年就没怎么关心过奴家，他不会因为我一个人而放下野心的，大王饶命啊……

但她凝视着对面男人那双杀人无数的手，居然没掉出眼泪，反而哂笑一声。

跪在项羽脚下求饶的人，没有一万也有八千了吧。他可曾心软过?

吕雉绽出冷笑，漠然的眼角弯出成熟的风韵。

她斜身倚靠牢门，一副无所谓的语气："唉，实话说，我跟刘邦从来没什么感情，父母之命而已。大王若真杀了我，那才正中他下怀，正好让他讨个年轻貌美的新老婆，他谢你还来不及呢！"

项羽表示不理解。这个女人伶牙俐齿，临危不惧，尽管身处牢狱，依旧气质出众。虽然已过三十岁，已经是两个孩子的妈，眉眼之中却风情依旧，仍是让人甘愿折服的美人。

听说刘邦当年娶她完全是高攀，怎么可能不珍惜这个女子呢？

项羽惊疑地望着吕雉，转移了话题："那，在下再问一句，刘邦的老父亲，有没有高血压心脏病什么的？"

吕雉瞬间猜透了他的用心，同情地摇摇头："你也不用打他父母的主意。他巴不得二老赶紧入土为安，省了他的养老钱。"

项羽的人生观世界观完全刷新，在吕雉的大笑声中憋出两个字："告辞！"

吕雉收了笑容，眼角爬上惆怅。她几乎都要忘记了，"有情有义"，到底是什么滋味？

当然，项羽还是不太甘心，在某次对峙的场合中，还是拿刘邦的家人威胁："喂，汉王，你要是不投降，我把你老爹煮成人肉汤！说到做到！"

在重刑酷法的封建社会初期，"煮人肉汤"是个真实存在的刑罚。伯邑考就被纣王煮过，齐哀公被周夷王煮过，刘邦手底下的郦食其，后来也被齐王田广给煮了。

可见项羽不是信口胡说。

谁知那边刘邦的反应，跟吕雉预言的如出一辙。他嬉皮笑脸地说："好啊好啊，别忘了咱俩曾经约为兄弟，我爹就是你爹。你煮了咱爹，别忘了分我一杯汤哦。"

这就是成语“分一杯羹”的来历。

项羽大怒，不知道刘邦是闹着玩还是来真的。大锅架起来，柴火堆起来，刘老爹吓得都快脑梗了，刘邦还在对面跟兄弟们喝酒猜拳。

刘邦知道，以项羽的为人，他是下不了那个杀令的。

他又闷了一口酒，朝对面笑道：“哦对了，我娘也是你娘，你不愿出养老钱就杀了算了，棺材随便买一口便宜的就成……至于我老婆么……我老婆就是你嫂子，你要是不嫌弃，就也替我接盘了吧。她虽然年纪比你大几岁，但懂得风情……”

项羽忍无可忍，骤然一吼：“回营！”

手里的“老弱妇孺”成了烫手山芋，对刘邦没丝毫威胁不说，反倒被羞辱了一番！

吕雉在后方牢房里，听说了刘邦的言行，一点怨气都没有，反而微微冷笑。

靠男人是不可能的，这辈子都是不可能的。要想生存，只能靠自己。

一个出尘绝艳的小美女出现在吕雉的牢房门口，看她的目光充满了同情，正是项羽的美人虞姬。

虞姬让人开了牢门，倒下两盏酒：“吕夫人，今日之事，十分抱歉。我也没想到刘邦是那样的人……”

吕雉笑道：“比你家项羽差远了。要是有人拿你的性命威胁，怕是他要放弃全天下去救你吧。”

虞姬脸红，叹口气。

她没遇到过渣男。她想不通，吕雉也不呆，也不蠢，如此有个性、如此坚强的一个女人，是怎么在那个恶劣的大流氓身边忍了十几年的？

虞姬说：“我会劝大王，找个合适的时机，把你们放回去……他会听我的话……”

吕雉静静微笑，有个小美女陪她喝酒，她心情不错。

虞姬有点难为情：“或许，我也可以求大王，让我收留你，你不必回到刘邦身边……若以后刘邦战败了，也不会牵连到你……”

吕雉一口喝干了杯子里的酒，摇头谢绝了好意：“妹子，我要是劝你跟我一块儿投奔我老公，你肯定觉得我疯了。所以我不劝。好好享受现在的日子吧，遇见个好男人不容易。”

虞姬也喝干了酒，气得有点发笑：“怎么，难道你觉得我家阿羽会失败？会死在你丈夫手里？简直异想天开！”

吕雉挑眉，算是默认。

虞姬很傻白甜地请教：“为什么？”

吕雉叹口气，凝视着美人腰间那柄剑。那是项羽赠虞姬的定情信物。

“因为他要脸。”她回答。

皇后不是你想当，想当就能当

在经历了近两年的牢狱生活后，吕雉和刘邦的父母被放归，楚汉议和。但刘邦马上撕毁了和约，偷袭项羽。项羽一路败退，四面楚歌，自觉无颜面见江东父老。

虞姬陪他到了最后一刻。

“汉兵已略地，四方楚歌声；大王意气尽，贱妾何聊生。”

虞姬知道项羽重情义，绝不会像某人似的，逃起命来连自己孩子都不要。为了断绝项羽的后顾之忧，虞姬舞剑一曲，以壮其行，然后自刎于项羽身畔，碧血染透乌江。

但她的大王最终还是没能逃脱命运。要脸的项羽，最后选择了死亡。

第二年，刘邦成为皇帝，吕雉成为皇后。

她那个屡次被踢下马车，又被车夫捞上来，大难不死的小儿子刘盈，被封为皇太子。

但这些都只是面子上的事。吕雉跟刘邦是创业夫妻，她是大伙眼中唯一的嫂子。刘邦敢把她踹了，底下的人立马造反。

但当吕雉颠沛流离、坐牢受罪的时候，刘邦身边早就有了一个又一个的新欢。他早忘了当初迎娶白富美吕雉时，对她许下的海誓山盟。

那个年轻貌美的戚夫人，浓妆艳抹，怀里抱着个白白胖胖的奶娃娃，骄傲地靠在刘邦身边，向吕雉投去挑衅的目光。

吕雉发现，自己居然一丝嫉妒的情绪都没有。她怜悯地看着戚夫人，仿佛看到了当年那个天真烂漫的虞姬。

你懂得生存吗?

当了皇帝的刘邦并没有高枕无忧。

全国各地依然有不同程度的叛乱。而且由于他这个皇帝是草根出身，身边的兄弟都是一路跟着他杀出的血路，对他的态度不像是九五之尊，反而像黑道大哥，大家在皇宫里称兄道弟、喝酒猜拳。

刘邦十分不爽，他觉得这些功臣太嚣张了，威胁到了他的皇权。不过，他自然不敢直接鸟尽弓藏，诛戮功臣。于是吕雉很贴心地替他下手了。

不是一家人不进一家门。她发现，只要抛弃一些思想包袱，像刘邦那样做人，生活就会变得容易许多。

韩信功高震主，不懂得急流勇退。刘邦有心讨伐，又怕因韩信军事能力出众，反倒吃败仗，那可是搬起石头砸自己的脚。

于是有一日，趁刘邦外出征战，吕雉跟萧何密谋，把韩信用计诱捕进宫，直接杀了。这一举动杀一儆百，其他功臣纷纷表示太可怕了。

刘邦征战回来，憋住胸腔里的笑，假模假式地哭了一回："你怎么能这么狠心呢？"

又一次，梁王彭越被刘邦废为庶人，发配四川。刘邦念着彭越算是多年老伙计，下手比较轻，没要他的命。

谁知彭越也许是命中有一劫。他半路遇到了吕雉，赶紧向嫂子喊冤，请她给自己说情。

吕雉好言安抚，把他带回长安，彭越满心欢喜地跟着她走。结果吕雉心里想的却是：此人对刘邦已有怨言，留着必成后患。

于是她秘密授意彭越的家臣再次告他谋反。等彭越满怀期待地走到了长安城门口，只见一群刀斧手正等着呢。

不仅如此，彭越的尸体还被下令剁成肉酱，赐给其他诸侯，以儆效尤。

吕雉对此毫无心理压力。她这半辈子，在牢狱里熬过的年头，或许比她富贵的时日还要多。她的一颗心，早就被磨得硬如生铁。

我的儿子谁都不能动

吕雉并非只是纯粹的心狠手辣，这一系列镇压叛逆、打击割据、维护国家统一的举措，给她积累了极大的政治资本。

刘邦发现，自己越来越离不开她。

——当然，这只是政治上而言。至于在后宫，吕雉根本不care刘邦又收了多少美女。

她只是警惕地发现，刘邦对于皇太子刘盈，态度越来越冷淡。

这不奇怪。刘邦常年不顾家，吕雉一直丧偶式育儿，刘盈从小就是可怜的留守儿童，一年见到爹没几次。后来在奔波逃命时，又几次三番地被刘邦轻易放弃。父子关系可想而知。

因为没有父亲的教导，也没上过什么正经学校，整个童年青春期还都在奔波逃命，刘盈的性格算不上完美，甚至有些软弱，完全没有他爹那股子天不怕地不怕的流氓气。刘邦觉得这孩子不像他。

而刘邦的新宠戚夫人，刚刚生了一个可爱的小儿子刘如意。刘邦爱屋及乌，觉得这个老来子简直太讨人喜欢了，哪哪儿都像自己，比刘盈可爱多了。再加上戚夫人的枕边风吹呀吹，刘邦终于下决心要换太子。

戚夫人也许只是想母凭子贵，想当皇后，成为天下最尊贵的女人。

但在吕雉眼里，这是一场生存之战。失败者只有死亡的命运。

不是东风压倒西风，就是西风压倒东风。被皇帝扫地出门的后果是什么？难道刘邦还能按月给她赡养费？

那些被诛戮的功臣就是明晃晃的前车之鉴。

刘邦对于刘如意的喜爱简直到了无法掩饰的地步。朝廷众臣辨明风向，居然没人敢直接支持刘盈——要知道，刘盈可是嫡长子，百分之二百的合法继承人。

就连帝师张良也装糊涂：“废立太子么……今天的天气啊，呵呵呵呵……”

刘邦称帝八年，关于废立太子的念头，也来回转了八年。全因吕雉在朝廷中的声望手段，才让他不敢轻举妄动。

吕雉知道老公靠不住。面对即将被煮成人肉汤的骨肉至亲，刘邦都能谈笑风生面不改色，一个“嫡长子”的名分，在他眼里屁都不是。

难道让她跪下来哀求：老公啊看在糟糠之妻的分上，看在我跟你吃了这么多苦，帮你做了这么多脏活的分上，你千万别丢下我们娘仨啊……

这一招对项羽可能还管点用。

她必须主动出手。

她的策略，出乎所有人的意料。

她没有向那些刘邦的老兄弟们求助，反而找来了半路入伙、如今半隐退状态的张良，让人把他架进了自己的宫殿。

张良吓得魂都快没了：“皇后啊我一不造反二不当官，如今只想退休养老，家里连把菜刀都没藏……”

吕雉不为所动，静静看着张良表演。

等他哭累了，吕雉给他下了一个命令：“商山四皓跟你有交情，把他们请来辅佐太子，我饶你不死。”

商山四皓是秦末汉初时的著名隐士，属于名士中的扫地僧。不管外面如何战火纷飞改朝换代，他们安心在山里做学问、下棋。

草根出身的刘邦急需提高自己的格调，几次三番请这四位老头出山，人家完全不理他。

而在吕雉的庞大压力下，张良硬着头皮跑进深山，找到了商山四皓，带了太子的亲笔信和厚礼，花费了他后半辈子的脑细胞和嘴皮子，居然把这四位神人给请了出来，请到了太子刘盈的身边。

这四人到底是不是真心拥立太子，不重要。重要的是，当刘邦看到这四位自己怎么也请不出山的白胡子老头，如今却在勤勤恳恳地辅佐太子，会是什么心情。

正常父亲可能会想：我儿出息了，拉了这么多大牛加入团队，棒棒哒！晚上加鸡腿。

而刘邦，他只感到恐惧。

太子刘盈的政治号召力，比自己高出不止一个数量级！

商山四皓对自己正眼不看，却对太子言听计从！要是自己真的轻易废太子，国家得乱成什么样?

（四个老头表示：我们完全是看在吕后和张良的面子上来的，才不在乎什么宫斗政斗呢。）

于是刘邦暂停了换太子的心思。戚夫人天天在他床前哭。

这一切的幕后策划人吕雉，暂时松了一口气。

年轻的时候，她怨天尤人，恨自己怎么被嫁给一个半老头子，她还双十年华，他都奔四了。而如今，她有点庆幸自己的婚姻是老少配。因为刘邦的身体每况愈下，各种高血压心脏病脑血栓关节炎，都此起彼伏地开始发作了。

而她正值壮年，精力充沛，过去的所有磨难，都是帮助她成长的基石。

吕雉用项羽的经历警醒自己。她不动声色地培植自己的势力，一步步地练习掌控权力。

然而危机并未一次过去。

刘邦晚年，英布叛乱。刘邦想也没想，就命令太子刘盈率兵去平叛。

这不是“父亲望子成龙，锻炼儿子做大事”，对于老流氓出身的刘邦来说，这一招很阴。

如果刘盈胜了，太子还是太子，不可能有更高的封赏。如果刘盈败了，正好顺势惩罚，撸掉他的权力，让刘如意顺理成章地进入继承人后备役。如果刘盈不幸战死了……刘邦估计会高兴得多活几年。就算刘盈平安归来，在他出征的时候，戚夫人和刘如意也有大把的时间在刘邦面前刷存在感。

吕雉马上看穿了刘邦的用心。她跟商山四皓商议过后，直接觐见刘邦，搬出国家大义来砸他。

“太子没有带兵打仗的经验，只有你才能镇得住叛军，此事绝不能儿戏。”

刘邦在大事上还是很听从吕雉的建议的。于是他抱病出征，路过老家沛县的时候，还顺带宴请父老乡亲，作了一首《大风歌》。

但刘邦终究年纪大了，和英布打仗的时候被流矢所伤，病情迅速恶化。等他回到长安宫殿时，就卧床不起了。

最后在病榻上，刘邦还惦记着换太子。不过此时朝中群龙无首，吕雉已经掌控了局面。众臣听闻风向，一个个劝谏不可不可。商山四皓在长安待得舒坦，时不常地来宫里下下棋，在刘邦面前转悠。

刘邦知道，太子羽翼已丰，彻底扳不倒了。

他跟吕雉交代后事，安心合眼。

吕雉长出一口气。她抹掉眼泪，心中知道，生存之战，才刚刚开始。

人彘了解一下

刘盈从小是留守儿童，长大了是缺爱少年，性格比较软弱，杀伐果断那是一点没有。

于是皇太后吕雉临朝称制，成为一国之主。

她虽然没有像武则天那样自封为皇帝，名分依旧只是太后，但她临朝登基，发布政令，任免官员，诏书上自称“朕”，被别人称为“陛下”——实际上与皇帝无异。

她做了很多事：修筑长安城，实行黄老之术，休养生息，废除秦朝时的焚书令，下令鼓励民间藏书、献书，恢复旧典，裁军废奴，推行土地私有化，打击诸侯王，巩固皇权。

至于她对戚夫人做的令人震惊的“人彘”事件，只不过是她铁血手腕不起眼的一个表现而已。

刘邦还是很宠戚夫人的。不光千方百计想把她的孩子立为太子，而且在宫里宫外都展现出了霸道总裁范儿：敢动我的小白花，别怪老子翻脸不认人。

刘邦死前，听说樊哙带领十万大军在边疆，打算等自己一死，就进京杀掉戚夫人母子。刘邦勃然大怒，立刻叫人把樊哙召回来，吩咐“立斩哙头”。

樊哙是谁，吕雉的妹夫，刘邦的连襟，跟他一拳一脚打天下的忠实小弟，鸿门宴上把刘邦救回来的大功臣！

就因为传言要跟戚夫人过不去，刘邦居然不顾多年情谊，对樊哙动了杀心。

被派去杀人的陈平和周博一头黑线，俩人路上合计，樊哙怎么能随便杀呢？于是拖延办事，把樊哙弄上囚车之后，每天走走歇歇，隔俩小时就停下来打一圈麻将。就这么拖到函谷关，传来消息，刘邦驾崩了。

樊哙捡回一条命。

如此戚夫人也得罪了不少人。虽然她本人只是个无害的小白花，但她被霸道总裁举得太高，总裁两腿一蹬挂了，她无可避免地从空中摔下来。

刘邦死后，吕雉把戚夫人打入冷宫，给她剃了个尼姑头，穿上囚衣，让她每天舂米劳动。

如果代入大奶整小三的剧情，这个惩罚其实还不算太严重。但戚夫人娇生惯养，受不了这样的罪，大概也想通过舆论向吕雉施压，于是她一边舂米，一边唱歌："子为王，母为虏，终日舂薄暮，常与死为伍！相去三千里，当谁使告汝？"

意思是儿子赶紧来救娘啊！当初那些主张换太子的大臣们呢？快来救我们啊！

要不怎么说戚夫人是傻白甜。别说她儿子现在还是个小孩，根本没能力来救她，就算她想跟吕雉对抗，此时最好的策略是低调做人，卧薪尝胆，暗地培植力量，等孩子长大，把哥哥的皇位夺下来，然后爱干啥干啥。

但戚夫人毕竟没有经历过吕雉的人生，她对"生存"两个字的理解，浅显得让人心疼。

吕雉知道这母子俩留着也是祸患。虽然太子刘盈对这个同父异母的弟弟十分喜爱，想尽办法保护他，但他怎么斗得过自己的老娘。吕雉很轻松地设法杀了刘如意，又把戚夫人酷刑折磨一番——砍掉手脚，弄瞎弄哑，做成"人彘"。

"彘"就是猪，古代的猪圈通常和厕所相连。于是吕雉又下令把戚夫人丢进厕所。当然，被折磨成这样的戚夫人也活不了多久，可能几天后就死了。

因为这件事，吕雉被冠以“最毒妇人心”的名声，遗臭万年。

这里不给她洗白。但要提醒一点，以当时社会的开化程度，各种酷刑遍地开花，吕雉的“人彘”并不算多新鲜的创意。车裂、炮烙、凌迟、煮人肉汤……大家都见惯了。

假如是秦始皇要杀戚夫人，多半会来个五马分尸，或者像对待李斯那样，黥、劓、斩左右趾，笞杀之，枭其首，菹其骨肉于市，其诽谤詈诅者又先断其舌。死得苦不堪言。

假如戚夫人落到项羽手里，也许就会成为一锅人肉汤。

而吕雉的辞典里，也没有“心慈手软”四个字。

当然，这件事顺便把她儿子刘盈吓了个半死，说这简直不是人做出来的事儿!

吕雉看着惊慌失措的儿子，心中叹息。

我做过的“非人之事”，又岂止这一样!你连这都看不下去，怎能守住这血肉筑就的江山!

君子报仇，十年不晚

一切不过是为了生存。吕雉其实不是暴力狂，她做事很有目的性。

匈奴的冒(mò)顿(dú)单于一直很嚣张。他曾经把刘邦围在白登山，刘邦狼狈得连裤子都破了，要吃的没吃的，要水没水，晚上睡觉提心吊胆，好不容易睡着了，还夜夜做噩梦，喊着“老婆快来救我”。

后来刘邦贿赂了冒顿单于的老婆，枕边风吹了半天，才让匈奴军队开了个口子，放他狼狈逃回到长安。

老对手刘邦死翘翘了，冒顿单于有点手痒，觉得该欺负欺负大汉这边的孤儿寡母。

吕雉在长安宫中，忽然有一天，收到了一封来自匈奴的信。

里头是这么写的：

“孤偾之君，生于沮泽之中，长于平野牛马之域，数至边境，愿游中国。陛下独立，孤偾独居。两主不乐，无以自虞，愿以所有，易其所无。”

用今天的话来说就是这个意思：小爷我出身边疆，做了半辈子的孤独旅人。陛下（吕雉）您刚刚死了丈夫，想必长夜也十分寂寞。同是天涯沦落人，咱俩要不在一起得了？

落款：一匹来自北方的狼。

妥妥的挑衅，妥妥的轻慢无礼！

吕雉当时就气炸了：以为老娘我不混江湖？

身边的大臣们也义愤填膺，口水都快喷到呼伦贝尔草原上去了。樊哙挥着拳头叫道：“让我带十万兵马去踏平匈奴！”

只有中郎将季布比较谨慎，说大汉现在国力不够强，匈奴风头正盛，白登之围尚且历历在目，咱们不能一时冲动，重蹈覆辙云云。

不过说归说，一个国家的最高权力女性，让人如此赤裸裸地骚扰，大家不指望吕雉能忍住，性急的已经开始去磨刀了。

吕雉还真忍住了。她很快就恢复了平静，把信捡起来，又读了一遍，笑道：“挺奔放的嘛。来人，准备回信。”

在生存面前，面子什么的，都不算什么大事儿。

于是冒顿单于很快就收到了回信：

“单于不忘弊邑，赐之以书，弊邑恐惧。退日自图，年老气衰，发齿堕落，行步失度，单于过听，不足以自污。弊邑无罪，宜在见赦。窃有御车二乘，马二驷，以奉常驾。”

翻译成现代话就是：“多谢你还念着我。但我年纪大了，色衰齿落，咱们还是不要打破彼此的美好幻想了。随信附送限量版宝车两辆，宝马八匹，遥祝狼哥身体健康。”

冒顿单于良心未泯，读到这么一封言辞谦卑的信，遥想长安城中孤儿寡母的艰辛，也觉得自己有点过分，赶紧就坡下驴，回，上次喝醉酒了，说话有点没礼貌，吕妹别见怪哈。话说大汉最近有没有年轻貌美的宗室女，可以来和亲的？

吕雉心狠手辣，生平杀人无数，但对于这次匈奴挑衅，居然很干脆地忍了，吩咐人去安排和亲。

一场战火消弭无踪，边疆的百姓们欢呼雀跃，大汉的商贾民众们欢庆和平。

朝廷众臣都大吃一惊，这还是那个把戚夫人做成“人彘”的毒妇吗？

当然吕雉也没闲着。在她的休养生息政策之下，大汉朝从新生婴儿长成了青壮战士。半个世纪之后，大汉终于兵强马壮，而且刷出了卫青、霍去病两位战神，把冒顿单于的孙子打得满地找牙。

叫你爷爷骚扰我们吕后！叫你爷爷骚扰我们吕后！

尾声

公元前180年，掌权者吕雉走完了她霸道的一生，被葬在了大流氓身边。

两人在阴曹地府，大约也是冤家聚头，整天玩玩政斗夺权什么的。

如果只看八卦野史，吕雉大约只是个善妒而残暴的女人。然而纵观严肃历史，就连最苛刻的学者也不得不承认，吕雉是一个杰出的政治家。没有她，就不会有文景之治，不会有汉武大帝，不会有霍去病的封狼居胥，不会有大汉盛世。

司马迁在《史记》里给她的评价是："政不出房户，天下晏然；刑罚罕用，罪人是希；民务稼穑，衣食滋殖。"

她还是唯一一个被计入《本纪》的女性，与历代皇帝平起平坐。

因为她懂得，命运不是男人给的，而是掌握在自己手里的。

也许，在她脆弱的时候，她会想起当年那个满脸洋溢着幸福的虞姬。

两个美人，一个人生不幸，错嫁男人，根本没尝过美满的爱情，也没有被男人宠爱呵护过，哭泣的时候，也没有一个可靠的肩膀。

另一个，一生一世一双人，将自己的全部献祭给了爱情，成就了缠绵悱恻的千古绝响。

如果给你们一个机会，你们是想做吕雉呢，还是做虞姬？

人物小档案

吕雉，生于公元前241年，字娥姁（xū），砀郡单父县人，通称吕后，或称汉高后、吕太后等。后世把她与唐朝的武则天并称为"吕武"。

吕雉是汉高祖刘邦的皇后，高祖死后，被尊为皇太后，是中国历史上有记载的第一位皇后和皇太后，她开启了汉代外戚专权的先河。同时吕雉也是秦始皇统一中国实行皇帝制度之后，第一个临朝称制的女性，被司马迁列入记录帝王政事的“本纪”，后来班固作《汉书》仍然沿用。

第二章

武氏天下

——大唐第一女CEO的晋升之路

从求职者到实习生

不想当将军的士兵不是好士兵。不想当CEO的白领，还不如跳槽去搬砖。

大唐贞观十一年（公元637年），十四岁的小武同学刚刚毕业，捧着一纸“后妃录取通知书”，懵懂地进入长安城太极宫，开始了她一波三折的职场生涯。

和她一同被录用的，还有许多年龄相仿的新人小姐妹。她们忐忑地憧憬着自己未来的后宫生涯。

会不会被大老板一眼看中，一步登天？会不会卷入激烈的斗争，被泼脏水？谁和谁可以做同盟，谁是我将来的对手？十年之后，能不能混成个婕妤、昭仪、贵妃？二十年之后呢？

做皇帝的后妃，从来跟爱情无关，而是一种职业，而且是高危职业。做得好了，全家吃香喝辣，三年实现财务自由。做得不好，撸权撤职是小事，坐牢杀头的前车之鉴，历史上也比比皆是。

更何况，一入宫门深似海，以后就再难以和家人团聚。有些人出身边远之地，这一到长安，就是背井离乡，不知什么时候才能再次踏上家乡的土地。

不少小姐妹都哭哭啼啼的，舍不得上路。她们的家长也长吁短叹："宁可留在家乡嫁个小门小户，好歹一生美满，胜过深宫幽怨呐。闺女，你命不好，认了吧！"

同样是职场萌新的小武，对此表示十分不理解。

她安慰自己的母亲："侍奉圣明天子，难道不是好事吗？为何要哭哭啼啼，好像要跳火坑似的？"

尽管尚且年幼，她已经深谙了职场定律No.1：

对于人生的第一份工作，要尽量选择大平台，大公司，才能有高起点。

真正有远见的人，是不会一辈子跟着名不见经传的小老板，在十八线城市混吃等死的——稳定是稳定，但那样一眼看到底的人生，有什么意思？

带着这个良好的心态，小武一声没哭，来到长安，迅速适应新生活。

进宫只是第一步。小武只是由于姿色出众，通过了宫廷HR的初步筛选。但真正决定她能否升职加薪走上人生巅峰的，只有大老板一人。

大老板名叫李世民，现年三十九岁，大唐国际政治集团的总裁兼董事长兼CEO。他资历丰富，专业素质过硬，虽然因为曾经不正当上位手段而颇受争议，但在他的带领下，大唐集团蓬勃发展，打败了一个又一个的竞争对手，股价年年攀升，可谓蒸蒸日上。

于是大家就不计较那些早年时的负面历史了，纷纷赞颂明君盛世。

但彼之蜜糖，我之砒霜。

职场定律No.2：一个好的老板，未必是一个合适的老板。

李世民面试了这一群后宫小新人，觉得小武长得不错，性格也挺阳光，顺手给封了个五品才人，赐了个名，叫武媚。

中规中矩，相当于给了个实习期。

这还是看在她的家庭背景上给的面子。

因为她和大老板手下的两个高管是远亲。其中燕德妃和武媚是远房表亲，她十年前就入宫，业绩不错，生了两个儿子，活下来一个。

还有一位杨婕妤，更是李世民的心头宠。她的出身十分复杂，曾经是李世民的弟媳妇，齐王李元吉的王妃。后来李世民发动玄武门之变，弑兄杀弟，把李元吉踢出了大唐董事会，顺带把弟妹收到自己的后宫。

就在武媚入宫的前一年，李世民的创业伙伴兼原配——长孙皇后去世，李世民便想把杨婕妤立为皇后。朝臣知道杨婕妤受宠，没有敢明目张胆反对的。只有魏征给他泼冷水："你是想让天下人都知道你娶了你弟弟的女人吗？"这事才算作罢。但杨婕妤在宫中的地位一目了然。

有这两位表姐罩着，武媚的实习期过得还算顺利。

但她很清楚，自己不是大老板的菜。

晚年的武媚回忆起一件事：当年大老板得了一匹名马，叫作狮子骢，脾气暴躁，没人能驯。旁边侍候的武媚初生牛犊不怕虎，开口叫板："我能驯服它！"

李世民很惊讶，让她拿出个方案来。武媚不慌不忙地说：“我能制服它，但是需要三件东西：一是铁鞭，二是铁锤，三是匕首。先用铁鞭打它，不服就用锤子敲它的头。再不服，我就用匕首割断它的喉咙——不听话的畜生，要来何用！”

李世民没想到这个实习期的小姑娘骨子里竟然如此刚烈，啧啧赞叹了几句“后生可畏”。

然后……

然后就没有然后了。

李世民喜欢什么样的女人？他跟长孙皇后是少年夫妻，伉俪情深，两人感情极好，生了七个小孩。

而长孙皇后是什么样的人？她气度雍容、贤德自律，虽然聪慧有谋，但坚持自己是一介女流，不宜参与政事。她劝李世民不要重用自己的哥哥，以免被人说闲话，尽管她哥哥长孙无忌确实是个难得的人才。她是李世民的贤内助，在他做出错误决策的时候，懂得转弯抹角地劝谏，不伤害他男性的自尊。她还曾著书《女则》共十篇，教导后辈女子，如何做一个合格的宫廷贵妇。

四个字：贤妻良母。

就是那种所有男人都想让她站在自己身后的女人。

而相比之下，武媚锋芒太盛，小小年纪，满心杀伐争胜，和长孙皇后完全是两个极端。

大老板也许欣赏她的性格，但要说喜欢她，未免勉强。

武媚对此不后悔。她知道，迎合大老板的喜好固然重要，但更重要的，是不能放弃自我，不能阉割自己的优势。

如果一味地对大老板投其所好，也许短期内能迅速得宠。但大老板终将会换人，大环境时刻在变化。一个没有主心骨、一天一变样的女人，如何在瞬息万变的后宫中立足？

从实习生到白领

武媚依旧小心侍奉在大老板身边，只求无过，不求有功，慢慢熬资历。

在她入宫后的第六年，武媚十九岁，她迎来了一个不大不小的考验。

大老板李世民生病，太子李治前来侍奉汤药。这个十五岁的小正太，浑身上下都是无处安放的青春。他在大老板的办公室里见到了打杂的武媚，立刻觉得爱神之箭射中了自己。

这个小姐姐好美，好凌厉，好阳光，好能干。她符合我在梦里梦外对于理想伴侣的一切遐想。

李治坠入情网，趁他老爸吃了药睡觉，毛手毛脚地上前勾搭。

武媚知道，这个小正太是钦定的下任大老板、二世祖，不能怠慢，但她也不打算因为一时冲动，毁了自己的前程。

李治小正太到底有没有勾搭上武姐姐，具体细节我们不清楚。但武媚显然并没有因此把自己置于嫌疑之地。她推开了那个一步登天的浪漫之梦，依旧勤勤恳恳地在大老板身边打杂。

来路不正的机会不能要，哪怕它再诱人。

但，这个来路不正的机会，武媚也没有将它粗暴踢开。她并没有坚贞不屈地大叫“来人啊”，而是温柔以对，给李治小正太发了好人卡，悄悄跟他说“做朋友”。

凡事不能做绝，要给自己留后路。

尤其不能得罪那些有前途的潜力股。

武媚继续韬光养晦。又过了六年，大老板李世民光荣卸任，从长安太极宫搬到了昭陵，跟他的长孙皇后团聚去了。

武媚在这几年没获得升迁，依旧是低级小职员。依唐后宫之例，她被永久停职雪藏，入感业寺剃发出家。

随行的低级后妃们哭哭啼啼，觉得自己这辈子就交代给青灯古佛了，有些人连大老板的面都没见过。

武媚不气馁。她才二十五岁，人生的黄金年华刚刚开始。

永远不要相信什么“女人过了二十五就不值钱”的鬼话。你的梦想有多远，青春就有多长。

在雪藏期间，武媚依旧乐观阳光，每天锻炼身体，保养肌肤，读书养性，投资自己。

她知道，次年五月，新老板李治会来到感业寺进香，祭奠李世民。

李治此时已从小正太长成了有为青年。但武媚依旧熟知他的性格，知道他和前任大老板不一样。武媚知道，他喜欢的，是那种有能力、有性格，能跟他势均力敌的女人。

武媚准备充分。李治在感业寺里，一眼就看到了那个脂粉不施、布衣青衫的小姐姐，她略带羞怯地看着他，和少年时记忆中的一模一样。

他心潮澎湃：现在我是大老板了，我想干啥都可以！

这次他收到的不是好人卡，而是佳人的以身相许。

武媚知道，能否脱离感业寺，成败在此一举。是时候将多年前留的“后路”变现了。

雪藏期间，她依旧不忘关注时事。她知道李治的后宫里，眼下是两大高管互相穿小鞋：王皇后和萧淑妃正在如火如荼地争宠，每天都互相爆黑料，后宫里整天弥漫着火药味儿。

于是她有意无意地向李治提起：“陛下常来我这里约会，要不要向皇后报备一下？免得皇后不满。”

李治也知道她的意思。谁愿意没名没分做个临时工，肯定是希望能转正的。

而且王皇后特别给力。她听说李治在感业寺里泡了个美人，第一反应是：这对萧淑妃是个打击，是重大好消息！

于是，为了加重对萧淑妃的打击力度，她非常大度地主动提出，将武媚接进宫里。暗地里希望她能分走大老板的宠爱。

很快，王皇后就会发现，自己犯了一个致命的错误：永远不要引进一个不可控的变数，来对抗另一个变数。

武媚顺利转正，而且是带着好事转正的：进宫的时候，她肚子已经大了。

很快，她生下儿子李弘，升职成为二品昭仪。

她很快找准阵营，和王皇后联手打击萧淑妃，成效卓著。

萧淑妃虽然失宠，却不改以往跋扈嚣张的个性，反而变本加厉地刁蛮任性，以为大老板就好这一口。

但是帝王的爱是不可捉摸的。

终于，李治对萧淑妃彻底厌倦，两人没能挺过七年之痒。

王皇后扳倒了竞争对手，正得意自满，觉得自己可以重获大老板的青睐。可她却惊奇地发现，大老板的兴趣，依旧没有转移到自己身上！

武媚扶摇直上，成为大老板的新宠，没两年就再次怀孕，生下女儿安定公主。

这下她儿女双全，李治心花怒放。

这时候失宠的王皇后大约是想修复和武媚的关系，趁这当口，带了礼物来看望母女俩。

武媚表面上欢迎，心里已经绷紧了弦。

王皇后逗弄了一会儿小公主，完成任务，又跟武媚说了一会儿话，刷了一点友好度，回宫去了。

不一会儿，李治也来看女儿。武媚带着他来到婴儿床前，揭开被子，赫然发现，一个月大的小公主，已经没了呼吸。

武媚脸色煞白，当时就泣不成声。

李治也慌了，问宫人怎么回事。大家齐刷刷跪下说不知道，只知道“王皇后刚刚来过这里”！

李治大怒。皇后出于嫉妒，杀了武媚的孩子！他心中第一次出现了“废王立武”的念头。

不管王皇后怎么辩解，她都身陷淤泥说不清。毕竟她逗弄婴儿，几十双眼睛都看着。她跟武媚争宠，关系糟糕，大家也心照不宣。

王皇后犯了第二个错误：绝不能主动将自己至于嫌疑之地。

要是出事了，那就等于自己往枪口上撞；要是没出事，别人也难免怀疑你的动机。

这桩公案，历史上向来有不同的说法。有人说是武媚趁没人，狠心掐死了自己的女儿，然后嫁祸皇后；有人说古代婴儿死亡率本来就高，小公主只是不巧死在了一个微妙的时刻，被武媚拿来大做文章。

不管真相如何，武媚对此的一系列反应，直接将王皇后推到了一个十分不利的位置。

她懂得利用有关事件，来达成自己的目的。

武媚迅速从丧女之痛中恢复过来。她需要保持自己的有利位置，一鼓作气，赶尽杀绝。

从白领到高管

宫里逐渐出现不利于王皇后的谣言，说她与其母柳氏请来巫师，妄图诅咒谋害武昭仪。

在古代宫廷里，“巫蛊”是让人谈之色变的禁忌，跟现代的吸毒嗑药差不多，是被严厉打击的。皇帝宁可信其有，一旦发现有人用巫蛊这个外挂来达成自己的目的，肯定会心里不踏实：倘若下一个目标是我呢？

所以，王皇后用巫术害人，完全属于作大死。

本来，如果仅有传言，大老板李治也许不太会放在心上。但过去的几年里，王皇后跟萧淑妃争宠的时候，两人争相诋毁对方，每天轮番向大老板进谗言。

李治还算不偏不倚，这些谗言都没当回事。但“狼来了”喊多了也成真。他毕竟不是移动硬盘，没法永久删除自己的记忆。

再加上不久之前的安定公主事件，终于孽力回馈，苍天饶过谁。

当王皇后的“巫蛊”谣言传开时，李治把它当真了，并且大怒，将柳氏赶出皇宫，而且欲将武昭仪升为一品宸妃。

原本后宫职衔中没有宸妃这个封号，而且也没有空缺的高管位置。李治等于是为了给武媚升官，直接自创了一个新职位，可见他是真心觉得武媚受委屈了。

当然，大老板虽然是大老板，底下却还有一圈股东董事会。朝臣们搬出“自古以来”，说老板你这个以权谋私太明显了，传出去咱们股价要跌的。

李治早就看这帮董事会成员不顺眼。长孙无忌、褚遂良……都是老爸留给他的“政治遗产”，白发苍苍往那儿一站，别人动也不敢动，生怕老头子一生气躺下来碰瓷。他需要借“废王立武”这件事，来打压这些元老大臣的势力，重振皇权。

武媚搭上了前朝政治的顺风车。

她提醒自己，自己的事业目标，要和大老板时刻一致。

在朝堂上，“废王立武”成了两党争执的砝码。不少人揣摩上意，嗅出了其中的机会，开始大力支持武媚当皇后。

大功臣李勣很应景地说：“此陛下家事，何必问外人！”

这些人利用武媚，来积累自己的政治资本；而武媚也利用他们，完成了自己上位的最后一步。

公元655年，李治终于颁下诏书：以“阴谋下毒”的罪名，将王皇后和萧淑妃贬为庶人，并附送无期徒刑；她们的父母、兄弟等也被削爵免官，流放岭南。随后武媚被立为皇后，反对呼声最高的宰相褚遂良被贬为外州都督。

至于野史中津津乐道的，武媚将王皇后和萧淑妃做成人彘，泡进酒缸，让她们痛苦而死，学者们认为很可能是后世的渲染，是在复刻汉朝吕后把戚夫人做成人彘的事例。

事实上，霸道总裁武媚是看不上吕雉的。刘仁轨曾经把她比作吕后，她就很不高兴。所以她不太会致敬吕后这一臭名昭著的做派。

以前人为榜样，你就永远会活在前人的窠臼里。

她更感兴趣的，是权力，不是复仇。在她的“帮助”下，第二年，董事会里的老资历们：长孙无忌、于志宁、韩瑗、来济……一个个被削职免官，贬出京师。自魏晋南北朝以来，中原皇帝们重新尝到了君主集权的滋味。

武媚和她的大老板，共同完成了一次大唐高层的大洗牌。

于是她以火箭般的速度直接坐稳后宫CEO，可谓实至名归。

那些照猫画虎的宫斗小说中，女主跟皇帝撒撒娇，靠几场小阴谋，诬陷几个情敌，就能顶替恶毒皇后顺利成为后宫之主的剧情，实在是舍本逐末，太不真实。

要知道，后宫佳丽们的竞技场，从来不在温暖旖旎的卧室里，而是在刀光剑影的朝堂。

当了后宫CEO的武媚没有松懈。她勇于跳出框架，开拓新领域。

大老板身体不太好，长期有头痛和眼疾，经常“头眩不能视”。据《旧唐书》记载，他甚至需要针刺头顶放血，才能让沉重的脑袋得到一丝清明。

后世有医生推论，他得的大概是内耳眩晕症，也叫作美尼尔氏病。19世纪的欧洲印象派画家凡·高也深受此病的折磨，他对此不胜其烦，甚至割掉了自己的一只耳朵。

可见大老板发起病来，完全没有能力处理政事。他需要有一个忠诚的秘书来替他把持国家机器的方向盘。

武媚就是一个完美的秘书。

一开始，大老板很信任她，每次自己犯病都赶紧去休息，让她全权处理事务。相当于给她派了一堆不属于她职责范围之内的事儿，还不给加班费。

武媚毫无怨言，反而干得很带劲。

逆水行舟，不进则退。虽然她的主要业务是陪侍君王生孩子，但她知道，以色侍人不长久，靠颜值上班的只能是花瓶。只要有相关资源，必须时刻投资自己的内在。

她积极辅佐大老板处理政务，做他的左膀右臂。她用业余时间充实自己，学习治国的本事。

李治一开始十分欣赏武媚的干练，并没有觉得她逾矩僭越。但正如卧榻之侧岂容他人鼾睡，权力是不能分享的。

随着武媚的权力越来越大，她和李治之间，无可避免地出现了意见上的分歧。她在朝中逐渐积累声望，培植了自己的势力，也让李治觉得受到威胁，好像面对当年那群白发苍苍的董事会。

比如武媚的心腹李义府，傍上二老板之后得意扬扬，惹出乱子，撞上枪口，让李治直接砍了。

比如武媚的姐姐韩国夫人，一个年过四十风韵尤佳的美人，出入宫禁之时与李治相识，两人立马搞出了桃色新闻。不仅如此，韩国夫人的女儿贺兰氏——贺兰敏之的妹妹，武媚的外甥女，也跟李治勾搭上了，母女俩都成了武媚的情敌。

后来韩国夫人去世，李治居然考虑要把贺兰氏正式收入后宫。武媚忍无可忍，大老板这是一点也不把她放在眼里了！

当然她不敢直接怼大老板。她稍用手段，就毒死了贺兰氏，顺带嫁祸给了两个跟她有仇的堂兄。

有时候，亲情必须让位于权力。要想翻云覆雨，就得六亲不认。

经过这一次次的操作，大老板李治也颇有怨言。他抱怨：你怎么就不能好好当一个温顺贤良的皇后呢？

武媚不说话。她不是长孙皇后，她已经不满足于做那个皇帝背后的女人了。

李治大老板十分失望。当年那个明媚清纯，大大方方给他发好人卡的漂亮小姐姐，似乎开始变了。

在一次吵架过后，李治郁闷地跟宰相上官仪诉苦：“皇后越来越不把朕放在眼里了！”

上官仪这人很有才，是初唐著名诗人，平时有些恃才傲物，人缘不是很好。眼下大老板突然跟他推心置腹商议事儿，上官仪连忙拿出百分之二百的劲头，尽忠职守地为李治排忧解难："皇后专横，海内失望，应废黜以顺人心！"

他口无遮拦，直接建议废后！

虽然说李治也有此意，但，上官仪犯了一个致命的错误。

永远不要抢着替大老板做决定。

武媚在宫里有眼线。她马上听说上官仪说了什么不该说的。

她迅速估量形势：危机还未发酵，对手弱于自己，且孤立无援——宜先发制人。

她直接到大老板跟前去哭诉：我兢兢业业给你干活，一没犯法二没偷懒，凭什么炒我鱿鱼？大老板你给个说法！

李治瞠口结舌。他确实给不出说法。

说我觉得你最近太嚣张，简直要代替我了？笑话，哪个大老板会这么无私地贬低自己，抬高他人？

况且他对武媚还是很有感情的。十五岁那年的一见倾心，感业寺的惊鸿一瞥，经历千山万水，昼夜春秋，回忆那最初的一刻，仍然让他心跳加速，血压升高。

他已经废过一次后了，他早就觉得对不起王皇后，偶尔深夜想起来，也觉得良心痛。

他不想再重复第二次。

大老板果然是大老板。他一没道歉二没解释，顺手指着正在起草废后诏书的上官仪，气愤地说："都是这老头教唆的！"

大老板永远不会错，错的都是底下人。

上官仪年纪大了，没能接住这口大锅。没多久就被武媚找借口诬陷他谋反，把他和儿子一并处死，全家女眷没入宫中为奴，算是清洗了这个家族。

上官仪有个孙女，叫上官婉儿，当时尚在襁褓。她在掖庭长大，后来成了武周朝著名的巾帼宰相。

总之，经过上官仪这档子杀鸡儆猴的事儿，朝廷里没人敢提废后的事了，凡事皇后说了算。

从高管到合伙人

大老板被逐渐架空，又加上积年病痛，慢慢也管不来事了。公元667年，他命太子监国。太子李弘就是武媚的大儿子。

公元674年，武媚和李治并称天皇天后。武媚上表建议十二事：劝农桑、薄赋徭、广言路、杜谗口、息兵，以道德化天下，等等。她还召集大批文人学士，大量修书，给后世留下大批文化遗产。

明眼人都看出来，这是给她自己积累政治资本，堆砌政绩，为她进一步称尊做准备。

现在历任美国总统竞选之时，都会跟民众许诺，待我上台之后，定会如何如何。或者提出一些大口号，比如“让美国再次伟大”，表达他建设美好新社会的决心。

在美剧《纸牌屋》中，女主尽管贵为第一夫人，但想要上位做总统，也得处心积虑做足功课，在国会提交几个法案，当当联合国大使什么的，以积累政治资本，给自己刷经验。

武媚做的，正是这样的事。

她知道，自己要想空降新部门，实现新理想，光靠能力和人脉是不够的，她还需要给自己造势。

即便如此，她也不可能一步登天。纵观历史，权势熏天如王莽，篡汉时已经年过半百。曹操“挟天子以令诸侯”，叱咤风云半个中原，一辈子也没自立为皇帝，到死只是魏王。

更何况武媚是女流，在当世大多数人眼里，她富贵已经到顶，还有什么突破的可能？

武媚不着急。此时她已完全不是靠青春吃饭的后妃编制。她在“天后”的位子上每坐一年，就是让自己的根基更稳一步。

在这期间，太子李弘猝然病逝。有人认为是武媚毒死的，因为太子不顺她的意。近年来也有学者称，李弘一直体弱，又听说父皇要将皇位传与他，压力山大，最后是患肺结核而死，只是死前吐血的症状与毒杀很相似。

公元683年，大老板李治在经历了半辈子的美尼尔氏病折磨之后，终于走到了人生的尽头，搬到了乾陵，和父亲李世民肩并肩，终年五十五岁。

他对自己皇后的态度，大概和刘邦差不多：明知她野心勃勃，有越俎代庖之意，但政治上已经离不开她，更是不敢承担触怒她的后果。为了国家政权的平稳过渡，他不得不将接力棒送给这个让他又爱又恨的女人。

李治临终遗诏：太子李显即位，军国大事有不能裁决者，由皇太后武氏决定。

此时武后已经六十岁，花甲之年。

她熬了大半辈子，终于从底层实习生，成了大唐集团幕后实际控制人。

很多人觉得，什么时间干什么事儿，人就应该按照社会要求的那样活着。

武后对此嗤之以鼻：我已经活过了大唐人民的平均寿命，难道应该按时去死？

的确，武后能坚持到现在，除了她本人出色坚韧、手段强硬之外，和她的寿命也很有关系。

历代中国的皇帝中，由于早殇、累于政事或沉溺淫乐，短寿的很多。根据统计，三百多个皇帝中，活过六十虚岁的，只有三十个。

武后就是这三十人之一。

对自己的身体好点，你比别人活得长你就赢了。

她愈发独断专横。李显即位第二年，由于逆她的意，被她废为庐陵王，另立第四子李旦为帝，是为唐睿宗。

一个女人临朝称制，自专朝政，随意废立皇帝，自然引起多人不满。马上，徐敬业（就是前文那个撺掇“废王立武”的先锋军李勣的孙子。他们本来姓徐，后来被李唐王朝赐姓李）等人以扶持庐陵王为名号，在扬州举兵反武，还请大才子骆宾王作了《讨武氏檄》，把武后的种种倒行逆施扒皮黑了个遍，十多天内就聚合了十万部众，打算给这个牝鸡司晨的朝廷来个拨乱反正。

武后根本不慌。几十年积累的政治资本、权势力量摆在这儿，岂是一句“牝鸡司晨”能撼动的?

骆宾王作的檄文传到长安，武后津津有味地读。读到檄文中“蛾眉不肯让人，狐媚偏能惑主”，不禁露出了慈祥的笑容。

少年，你太单纯。我能在枪林弹雨中杀到现在，难道是靠长得好看?

又读到“一抔之土未干，六尺之孤何托”，她的神色越来越严肃，向左右大臣询问：“这是谁写的？”

有人回答说：“是骆宾王，就是那个写《咏鹅》的神童。”

武后很不高兴：“这是宰相失职！有这种人才，怎么可以让他流失在外，怀才不遇？”

她压根没把这事当威胁。果然，两个月后，徐敬业便兵败身死。骆宾王下落不明，有人说他被杀，有人说他剃发出家，去做世外高人了。

反对武后临朝的声浪仍然一拨接着一拨。李唐宗室盘根错节，是一颗颗环绕在长安的定时炸弹。

随着武后地位提高，对她不满的李唐宗室也愈发增多，有些人甚至起兵反叛。对于这些夫家亲戚，武后没有手软，该杀杀，该流放流放，用“铁血”两个字，诠释了权力的真谛。

家庭和事业不可兼得。特殊时期，特殊手段。武后知道，自己注定不可能像以前的圣贤明君一样被人爱戴。

美剧《纸牌屋》里的权谋大佬，在面对全国的反对声浪时，淡定自信地宣布：我们不屈服于恐惧，我们制造恐惧。

她广开言路，鼓励告密，规定告密无门槛，农夫民妇均可来到长安打小报告，并且由国家报销交通住宿，武后亲自接见告密之人。所告之事如果为真，就可破格升官；就算是虚假谣言，亦不会问罪。

与此同时，武后又先后任用索元礼、周兴、来俊臣、侯思止等一大批酷吏，掌管制狱，以致人人自危。

当然，后来酷吏来俊臣蹬鼻子上脸，逮谁咬谁，引起众怒，武后也顺势甩锅，果断把他杀了，以平息众人的愤怒。

虽然手段并不光明正大，但不得不说，她善于用人，且从不受人所用。

她锐意改革，进一步发展收拢民心的科举制度。据统计，贞观年间共录取进士205人，高宗和武后统治期间共录取一千余人。平均每年录取人数比贞观时增加一倍以上，算是全国范围内的高校扩招。

要知道，科举是寒门士子鲤鱼跃龙门的唯一上升通道。在科举制度产生之前，要想做官，首先得有个好爹，投个好胎，出生在世家门阀。

这种血缘决定地位的传统，堵死了贵族和平民之间的上升途径，导致世家门阀把持朝政。

而武后大兴科举，无异于打击了传统门阀的政治地位，为普通人创造了更好的未来愿景。被扩招上来的普通人家子弟，自然对她感恩戴德，忠心办事。

从合伙人到大老板

公元690年，武后已经六十六岁，万事俱备，东风徐来。大家都觉得，让她当幕后大老板，跟把她尊为正式大老板，已经没什么区别。

僧法明等撰《大云经》四卷，说武后是弥勒菩萨化身下凡，应作为天下主人。九月，侍御史傅游艺率关中百姓上表，请改国号。百官及帝室宗戚、部分百姓、四夷酋长、沙门、道士共六万余人亦上表，武后登基大势所趋。

武后准所请，改唐为周，改元天授，加尊号圣神皇帝，改名武曌，意为日月当空，万古不废。

这也是武则天发明的几十个新字里，唯一一个流传后世的。至今还有家长以此给女孩子起名。

什么，你不知道武则天造字的故事？这可就说来话长了……

也许是急于证明自己有翻天覆地的改革能力，也许是迷信，也许是纯出于个人兴趣，武则天生活中很大一项乐趣，就是给自己和国家改昵称，以及起新昵称。

早在大老板李治和她一同治国的时候，俩人就变着花样改年号，从显庆六年（661年）到弘道元年（683年）的二十二年间，一共换了十三个年号，平均不到两年就换个新的，老百姓估计也记不住。

而从弘道元年到长安二年（702年），武则天实际掌权的二十年间，她不歇气地换了十七个年号，有时候一年换俩。

其中比如“垂拱”这个年号，很明显是说皇帝是摆设，武后垂拱而治，才是真谛。

再比如“天册万岁”“万岁登封”“万岁通天”，这些，不免就略显中二了。武则天内心里，对于女人当政这项前无古人的事业，大约也有些缺乏安全感。

她给自己取的昵称也越来越长。从开始的“天后”，到“圣母神皇”，到“金轮圣神皇帝”，到“慈氏越古金轮圣神皇帝”，到“则天大圣皇帝”……

这也给后来的掌权者们开了个欢脱的先例。比如清末有一位垂帘听政的老太太，立志超越武则天，给自己生前身后的尊号达到了前所未有的25个字：“孝钦慈禧端佑康颐昭豫庄诚寿恭钦献崇熙配天兴圣显皇后”……

武则天不仅喜欢给自己起外号，还喜欢给别人改名改姓，以寄托自己的情感。比如王皇后被她整死之后，赐姓“蟒”。萧淑妃死后被改姓“枭”，前面那几个跟她不对付的武氏堂兄弟，家里人通通赐姓“蝮”。

对宫外的敌人也一样。突厥可汗阿史那·骨笃禄，趁中原废立皇帝之际，率军侵犯边境。武则天很头疼。除了派兵打击，她也要从心理上战胜敌人：宣布将骨笃禄改名为“不卒禄”，意思是你可给我快点死吧。

此外，造反的契丹人孙万荣和李尽忠，也被武则天改名为孙万斩和李尽灭。不管战事如何，从精神上先要战胜敌人。

在外交上，也一直有这样的传说，说东海倭国派人来朝见武则天，她嫌这名字不好听，参考了各方意见，给人家正式改成了“日本”，沿用至今。

更别提武则天造的许多生僻字，由于输入法的问题，这里就不展开讲了，反正一般电脑里显示不出来，现在也没人用了。

在奥威尔的名著《1984》中，未来的英国政府采行高压集权制度，通过操纵语言来禁锢人们的思想，让语言成为维护统治的武器。

这一招，早在一千多年前，就被武则天玩得很熟练了。

这些字词能不能流传千年，并不重要。

大老板终有退休的一天，但大老板的传奇永不落幕。

纵观武则天的上位史，八卦爱好者看到的是“男宠”“后宫”，历史学者看到的是政治斗争，兴亡更替。而咱们这些当不成皇帝的普通人，从她的经历中学一些自我成就的小贴士，就算不虚此行。

至于她身后的种种骂名，以及无字碑什么的……

都已经是人生赢家了，谁还管他呢。

人物小档案

武则天，生于公元624年，本名珝，后改名曌（zhào），是我国历史上唯一的正统的女皇帝，也是即位年龄最大、寿命最长的皇帝之一。

武则天为荆州都督武士彟次女。十四岁时进入后宫，作为唐太宗才人，获得“武媚”赐号。“武媚娘”的叫法就源于此。

第三章

群芳争艳，一个美好而混乱的时代
——八一八武则天时代的女人们

武则天从底层小嫔妃混成大唐CEO，传奇的人生不可复制。

而在武则天时代的长安城里，百花齐放，群芳争艳。在历朝历代中被局限于闺阁的女人们，仰望着女皇帝的威严宝座，她们蓦然发现，自己正处在一个前无古人，也许也后无来者的黄金时代。

来啊，姐妹们，造作啊！

韬光养晦的霸道公主

我们的聚光灯首先集中在武则天的小女儿，太平公主身上。

武则天生过不止一个女儿。她的大女儿安定公主死在襁褓，死得不明不白。

传说武则天——当时还是武昭仪——生了女儿，王皇后去探望逗弄，皇后离开之后，武昭仪发现女儿死亡。那时武昭仪恩宠正盛，大闹起来，皇帝李治不由分说，认为是王皇后把小公主害死了，从此王皇后失宠。

后世有人推断，武则天是为了争宠，自己掐死了安定公主，并嫁祸于王皇后。

不过古代医疗条件有限，婴儿死亡率很高，就算是在皇家也不例外。所以武则天“掐死女儿”这个说法有多少水分，后人也无从知晓。

之后，武则天生了几个儿子，并于约665年生下了她的最后一个孩子，也就是太平公主。

安定公主早殇，武则天在这个小女儿身上，寄予了丰厚的宠爱。但还是有不长眼的，居然敢欺负小公主。

贺兰敏之是太平公主的表哥。其人据说是个惨绝人寰、邪魅狂狷的大帅哥，放小说里就是个冷面王爷男主配置。焦恩俊在电视剧里演过他，大家可以自行脑补。

他又博学多才，据传曾经被武则天选为继承人，赐姓武。

这个贺兰表哥很是狂妄。当时太子李弘刚刚定亲，贺兰听说未来的太子妃貌美，直接把小姑娘骗到自己家给睡了。此事成为大唐宫廷年度丑闻No.1，导致太子妃人选匆匆更换。

但是贺兰敏之帅啊，有权势啊。

武则天：忍了。

太子李弘：忍了。

被祸害的准太子妃她爹，也算是个高官：忍了。

贺兰敏之愈发肆无忌惮，又开始跟自己的外祖母荣国夫人（武则天的母亲）搞在一起。史书上记得明明白白：“烝荣国夫人。”

……好吧，古人结婚早，三十多岁当祖母的也有。这个外祖母可能还风韵犹存。

前番太子妃的瓜还没吃完，又来了个惊天大料。大唐众人吓得瓜都掉了。

但是贺兰敏之帅啊，有权势啊。

武则天：忍了。

大唐众高官：忍了，装没看见。

贺兰敏之觉得人生简直不要太舒爽。

这时候太平公主出生了。

小公主粉雕玉琢，生得“方额广颐”，有福相，胖乎乎的，标准的大唐美女坯子，而且心眼儿多，有主意。武则天觉得她很像自己。

小公主得到所有长辈的宠爱，她也时常去荣国夫人府做客。

公主出行，自然要做足排场，带了许多年轻貌美的宫女姐姐什么的。

玩着玩着，小太平发现身边的宫女不见了。过了一会儿，宫女哭哭啼啼地回来，说被贺兰敏之欺负了。

一次两次三番四次，这事传到武皇后耳中，武则天大怒：以这大流氓的尿性，是不是下一步就该骚扰公主了？

于是，一向顺风顺水，在政治的惊涛骇浪中稳步驾驶的贺兰表哥，震惊地捧着一纸“流放”的诏书，半天缓不过神来。

当然，武则天对于贺兰敏之的种种劣迹早就十分不满。这次“骚扰公主侍女”的事，只是压倒他的最后一根稻草。但从这件事中也可以得知太平公主的受宠程度。

凄惨落魄的无良帅哥贺兰敏之，背着一堆罪名，死在了流放的路上，年仅二十九岁。

太平公主是皇帝和武后的心尖宠。这事不仅大唐臣民知道，连异域外族人都听说了。

有一天忽然吐蕃派了使者来，说吐蕃大唐友谊万年，以前松赞干布娶了你们的文成公主，成为千古佳话。（大唐众人：摔，我们文成公主到了拉萨据说连厕所都没有！）现在这么多年过去了，是不是该再联个姻？我家吐蕃王子刚刚成年，长得也不错，就娶你们的太平公主吧，不委屈。

人家点名要太平公主。

鉴于双方的敏感关系，皇帝李治虽然不情愿，但也拉不下脸拒绝，一时间十分为难，饭都吃不下了。

武则天——当时还是武皇后——得知了，面不改色地派人回话：不好意思，我们小公主为了给她的外祖母荣国夫人祈福，已经出家为道士了，道号太平，就住在长安城内的太平观里呢。你们别想了。

一边说，一边火速派人去修“太平观”，通知太平公主换发型。

于是，为了避免公主远嫁，武则天直接让她出家了……这也是“太平”这个名字的由来。

太平公主在道观里一直住到了十六岁。

小姑娘情窦初开，开始早恋了。稍微一个暗示，父母就把她从道观里接出来，嫁给了薛绍——唐高宗的外甥，也是她的一个表哥。

公元681年的那场婚礼空前隆重，照明的火把烤焦了沿途的树木。官府拆除了万年县婚馆的围墙，以便让宽大的翟车通过。

自由恋爱当然好。小两口感情如胶似漆，七年时间，生了两儿两女。

可惜薛家福薄。先是被武则天嫌弃门第不高，然后又卷入谋反案。薛绍虽然没有直接参与谋反，但也被打进大牢，最后死在狱中。

太平公主也许曾经苦苦哀求母亲饶过自己的丈夫。但在权力之路上越攀越高的武则天，这一次没有对她表现出往常的溺爱，只是打破唐公主食封不过三百五十户的惯例，将太平的封户破例加到一千二百户，以示安慰。

太平公主抱着自己刚刚满月的小女儿，终于意识到，在亲情之外，还有一件更要紧的东西。

寡居的太平很快被安排了新的婚姻。这一次是武攸暨——武则天的堂侄。

为了这一场婚姻，武则天下令处死了武攸暨的原配妻子。

太平一言未发。

武攸暨没有薛绍的才貌双全、风流倜傥，简直无趣到家，但她知道这是她该履行的职责。

此时是公元690年，武后登基已是大势所趋。太平知道，嫁入武家，是保护自己的唯一方法。

太平与武攸暨婚后两个月，“武后”正式变成了“武皇”，王朝易姓，神都焕新。

太平公主喜权势，多谋善断，但她深知母亲对权力掌控的力度，自己十分低调做人。仅仅是在自身安危受到威胁的时候，才不得不主动——酷吏来俊臣深得武则天信赖，日益嚣张，罗织罪名，迫害无辜，最后竟然妄图诬陷武氏诸王及太平公主谋反。太平不得不出面反击，与诸王联手，最终将来俊臣扳倒。

这是她少有的锋芒微露的时刻。其余时间，她多半摆出个酒色纨绔的样子，平时只是修修府邸、敛敛财、养养小鲜肉，顺便给母亲推荐小鲜肉——薛怀义、张昌宗这些蓝颜祸水，都是从她这里跳槽到武则天床上的。

不过蓝颜祸水到哪儿都是祸水。张昌宗在武则天身边还不安分，跟女官上官婉儿眉来眼去，让武则天看见了，一生气，抓起手边的小刀就丢。上官婉儿脸上被扎出一道伤口，从此破相。

但没过多久，上官婉儿在额头上描了花钿，重出江湖，并且引发大唐宫中的新一轮时尚潮流。

当然，这是野史。正史上说，这件事跟张昌宗没关系。是上官婉儿违背武则天的旨意，按律当斩，但武则天舍不得，只是给她“黥面”完事——脸上刺了个青。

我们都知道武则天杀伐狠辣，手下人命无数。这位上官婉儿是何方小妖精，居然敢抗旨，最后还被网开一面，什么事都没有?

把这个问题拿去问大唐群众，大家绝对会众口一词地回答:因为这个女人，实在是太有才了。

有才德可以为所欲为。

忍辱负重的深宫女官

上官婉儿出生于公元664年，和太平几乎同龄。但她的童年，和幸福的太平公主截然不同。

她刚刚出生，祖父上官仪就因“离间二圣、无人臣礼”的罪名被杀，连累全族获罪，婉儿与母亲入掖庭为奴。

她的母亲出身于书香世家，婉儿自幼熟读诗书，明达吏事，聪敏异常。

掖庭毕竟不是安稳的去处。在家族罪名的重压之下，童年的上官婉儿也许很缺乏安全感，她渴望一切有助于生存的力量。

她的机会来得很快。在她年仅十四虚岁时，武则天听说了掖庭里的这个古灵精怪的女孩，出于好奇，传令召见，出题考较。上官婉儿文不加点，须臾而成，作出一篇满分高考模范作文，把在场的老夫子们看得咋舌不已。

武则天大悦，下令免其奴婢身份，让其掌管宫中诏命，类似于武则天的私人秘书。

但当时并没有女官的职位。于是武则天为了免去她的奴籍，直接给了她一个“才人”的名分，让她当了高宗李治的妃子，正式成了武大老板手下的职场小新人。

但这个“才人”的名分也不仅仅是皇帝媳妇。不要忘了，当年武则天自己就是虚岁十四入宫，做了唐太宗的才人。

上官婉儿低头谢恩。

她已经走上了一条无比艰险、无法回头的路。那路的尽头，金光灿灿，不知道等候着什么。

她知不知道自己的祖父乃至全家获罪，都是因为眼前的武后构陷而蒙冤？她也许是知道的。然而在“生存”这个大目标之下，她没资格计较什么家族仇怨。

她对武则天曲意逢迎，忠心办事。武则天称帝之后，诏敕多出其手，时称“内舍人”。后来又处理百司奏表，参决政务，权势日盛。

她的才名迅速扩散。据说她常常代帝后和公主们同时赋诗，且能做到“众篇并作而采丽益新”，技压全场。

婉儿年幼入宫，与同龄的太平应有过频繁的接触，毕竟她当时是太平父亲名义上的妃子。

当太平“奉旨出家”，以拒和亲时，她也许偷笑过。太平十六岁出嫁薛绍，她也许也在婚礼现场鼓掌欢呼。太平为了丈夫而苦苦哀求母亲法外施恩的时候，她也许充当过传话的中间人。

她俩曾经拥有同一个男友崔湜，但这也没让她们变成情敌，反而多了一些说不清道不明的惺惺相惜。

但在史书上，却不见记载两个人的私交如何。她们之间就算有友谊，也是谨小慎微、点到为止的友谊。

毕竟，上官婉儿太缺乏安全感了，她不敢和任何人走得太近。

武则天给了她旁人难以匹敌的赏识和荣宠，以至于她因为跟张昌宗的私情被武则天扔刀子之后，还是被大度饶过。

在武则天心里，谁是手足，谁是衣服，分得很清楚。为着一个取乐的小鲜肉，犯不着断了自己的左膀右臂，警告她一下就得了。

但武则天这棵大树，也终究有倒下的一刻。

时光更迭，红颜易老。八十二岁的武则天，已不复当年那杀伐果断、英姿飒爽的模样。她体力虚弱，不理政事，而且可能已经有些老年痴呆了。

她的男宠——张易之、张昌宗两兄弟，没了制约的缰绳，愈发横行无忌。

他们把持朝政，败坏朝纲，享乐无度，毫无羞耻畏惧之心。

朝中众人争相巴结。武承嗣、武三思等武家子弟，都争着追捧他们，甚至为他们执鞭牵马。

性转一下，这就是“后宫干政”的典型案例。

大家只敢在家里关起门来吐槽两句。比如武则天的孙子邵王李重润，有一天跟他的妹妹永泰郡主和妹夫武延基抱怨张氏兄弟“何得任意入宫”——凭什么他俩把皇宫当自己家似的，想来就来，想走就走？

隔墙有耳。这话当天就传到了张易之耳朵里，张易之立刻去找武则天哭诉：圣人皇上要为我做主啊！欺负我就是看不起皇上你啊！

枕边风这种东西，跟性别无关，只看脸。

武则天不分青红皂白地发火了，把自己的孙子、孙女、孙女婿，三人通通赐死。

此事震惊朝野。张氏兄弟居然都能杀宗亲了？下一个会不会就是自己？

高高垒砌的危机终于崩塌。

公元705年，也就是神龙元年正月，武则天病笃，卧床不起。上官婉儿照例紧张地替武皇处理政务杂事。

忽然，宫中有一些不同寻常的异响。有人似乎大叫：“杀人啦……”

婉儿大惊，本能地奔跑出去，天生的谨慎，又让她在最后一刻住了脚步。

一个年轻的尚辇奉御（掌管马匹的小官）尚且勇敢镇定，见她惊慌失措，拔剑在她身前当了临时的护花使者：“昭容莫慌，别轻易出去。”

上官婉儿冷静下来，也退回了门后，静观变化。

她震惊地看到，宰相张柬之带领众臣和禁军统领杀进宫里，杀死张氏兄弟，随即包围武则天寝宫，逼宫退位。

武则天被迫让位给儿子李显，是为唐中宗。史称“神龙政变”。

而在诛杀张氏兄弟的势力中，上官婉儿敏锐地发现了一角身影……她和身边的年轻人同时轻呼出声：“太平公主？”

政变之下，人人自危，知道得越多，死得越快，上官婉儿对此尤其如履薄冰。她跟这个御马小官迅速点头道别，分别奔往安全之处，假装谁都没见过谁。

转身前一刻，婉儿忍不住低声问：“你叫什么？”

年轻人扬眉，思考片时，诚实回答：“相王之子，李隆基。”

苦尽甘来的母女搭档

唐中宗李显，修了八百辈子的福气，投胎投到帝王家，原本会和中国历代皇帝一样，走着“父亲死了我登基”的康庄大道。

谁知李显有个天下第一的武则天当老妈。他没当多久皇帝就被废，然后武则天登基。他被贬谪流放，战战兢兢过了好多年，终于等来了神龙政变。禁军逼武则天退位，皇位又回到了他的手里。

对有些人来说，人生是在平路上开公交车，没有悬念。

对有些人来说，人生像是过山车，在巅峰和低谷之间盘旋。

而对李显来说，人生是一艘失控的宇宙飞船，连他自己都不知道下一次会迫降在哪儿。

而大起大落的绝不止他一人。李显的老婆韦氏，从他当太子那会儿就跟着他，跟着他进了宫，又跟他一起被灰溜溜地赶了出来，跟着他颠沛流离，担惊受怕，朝不保夕。

李显被吓出了神经衰弱，每次听说朝廷里老妈派人来了，都吓得想自杀，多亏韦氏一次次劝下来。

最艰苦的时候，韦氏生孩子都没人照顾。他俩最小的女儿早产降生，连多余的衣服都没有，还是李显脱下自己的衣服来包住的，因此把这个小女孩取名为“李裹儿”。

同富贵，共患难，大约就是所谓真爱吧。

而当这对患难夫妻终于熬出头，李显扬眉吐气，重新坐上龙椅，第一件事就是把发妻韦氏风风光光地封为皇后，把那个聪慧美艳的小女孩李裹儿封为安乐公主，极尽奢华宠爱。

突然到来的光明前途，让韦氏的眼睛有点发花。

老公李显经历了这么多磨难，早就被折磨成了懦弱胆小的性子，也没什么治国才能。当初大家拥立他“复辟”，纯粹是因为他的身份和血统。

遇到大事，他不敢独自做主，总要回去跟皇后商量商量。

韦皇后渐渐看不上丈夫了，甚至，从丈夫的身上，她看到了自己的公公——唐高宗李治晚年的影子。

她偷偷地和朝廷中的帅哥小鲜肉往来，进而发展到明目张胆的地步。

朝廷百官估计心里弹幕都刷满了：当初武皇就算养几个小鲜肉，也知道等正牌老公去世了再养，而且也没因为男宠耽误多少朝政。

这位呢？照猫画虎，没学会武则天的才能，倒学了一堆缺点。

但皇帝李显却睁只眼闭只眼。过去患难之时，李显曾经对韦氏发誓：“如果日后我能重见天日，一定会让你随心所欲，不加限制。”

李显也许是真心实践誓言，也许是因为突然得到后宫三千，自己乐在其中，没工夫管老婆。又或者，他根本没有能力管这些。

但韦氏贪心不足。进而她想，自己如何能成为……第二个武皇后呢?

偶像的力量是无穷的。韦氏心里痒痒，疯狂地想像婆婆武则天一样“垂帘听政”，进而“独揽大权”。

奈何朝廷已经变回了男人的朝廷。她也没有武则天的手段让大伙俯首称臣。

她想到了一个人。

上官婉儿。

此时的上官婉儿已是昭容位分，成了李显名义上的嫔妃。她的履历跟武则天惊人相似：先后嫁给两任皇帝父子。

但她凭的不是美色，是才华，宫廷的运转缺不得她。武则天死后，她用她卓绝的敏锐和生存技能，迅速获得了李显的信任，此时依然做着宫廷秘书的活计，负责起草诏令。

聪敏的上官婉儿面对趾高气扬的韦皇后，不用动脑子都知道对方心里在想什么。

多年的从政经验告诉她，韦皇后眼高手低，没有当女皇的命，却得了当女皇的病，但得了病的韦皇后弄死一个上官婉儿还是易如反掌的。

她垂下眼睫，顺从说道：“全凭皇后吩咐。”

在上官婉儿的辅佐下，韦皇后开始参与政事，也提出了几项颇为靠得住的改革措施，获得了皇帝的首肯。

韦氏如鱼得水。她看着自己玉雪可爱的小女儿安乐公主，想象着另一个太平。

同样是童年受尽父母宠爱，安乐公主的性格，和她的姑母太平公主却截然不同。

她出生于艰难困苦之中，“裹儿”这个名字时刻提醒着过去的那些惊涛骇浪。虽然她因为漂亮讨喜，曾经短暂得到老年武则天的宠爱，但伴君如伴虎，她从来不敢把武则天真正当作慈祥的祖母来对待。她的记忆里，只有武则天独断朝纲、生杀予夺的片段。

及至骤然重获富贵，成为大唐第一公主，李裹儿以及她的父母，三人都不约而同地持有同一个想法：要把她失去的童年都补回来。

安乐公主愈发骄纵嚣张。她争强好胜，府邸一定要比其他公主都奢华富丽。为了彰显富贵，又带着一群公主开始卖官鬻爵，强夺祖姑母临川公主的府第，掳民子民女为奴婢……

没人管得了她，大伙不被她祸害就阿弥陀佛了。

安乐公主集天下巧匠，在洛州昭成寺中造了一座百宝香炉，炉身嵌着珍珠、玛瑙、珊瑚、宝石、车磲、琬琰……府库历年储藏为之一尽。

安乐公主拥有两件百鸟裙，是采百鸟羽毛织成的旷世珍品，据说此裙的颜色鲜艳无比，不同角度、不同光线看过去，颜色都各不相同。这种裙子迅速成了大唐最流行的时尚单品，百官、百姓之家效之。“山林奇禽异兽，搜山荡谷，扫地无遗。”

在私生活上，她更是随心所欲。早在武则天逝世之前，她不出意外地早恋，看上了风流倜傥的武崇训——这个小伙子是武则天的侄孙，年纪不到二十，已经颇有当年贺兰敏之的风范，在宫中偷香窃玉，大小通吃，无往不利，每天都能给大唐群众提供新鲜的瓜吃。

直到安乐公主未婚先孕，武崇训的风流日子戛然而止——俩人不得不奉子成婚。

六个月过后，安乐公主产下一子。

举国欢庆。

不过安乐公主可不是那种一生一世一双人的情种，武崇训不在家的时候，她也不闲着。

武延秀是武崇训的族兄弟，武则天的另一个侄孙，算起来是安乐公主的小叔子。这小青年更是祸国妖男级别的，史书上说他“久在外域，解突厥语……唱突厥歌，做胡旋舞，有姿媚”。

很快，武延秀就被安乐公主收进后宫了。

后来武崇训死于兵变，安乐公主干脆改嫁给武延秀，天天看他跳胡旋舞。

朝野上下一片赞美之声。

安乐公主甚至效仿当年的太平公主，把武延秀介绍给母亲韦氏，母女同乐。

上官婉儿把这一切都看在眼里，不禁仰天长叹，这母女俩咋那么扶不上墙，不如当年武则天一根小指头！真要让她俩当大唐之主？我唐要完啊！

正胡思乱想在宫里走，忽然，她手腕一痛，被人推到了缝隙阴影里。

一个颀长窈窕的身躯压迫下来，很具有威胁性地把她逼在角落。上官婉儿不敢出声。

带着香草气息的呼吸吹在她脸上，耳边有人冷冷低语：“最后一次告诫。离韦氏母女远点。”

那人随即放开婉儿，整理披帛，裙角曳地，端庄离开。

上官婉儿喃喃：“太、太平？”

一去不返的深宫绝响

后武则天时代，太平公主很受哥哥李显的重用，权势很大。然而跟韦氏母女比起来，她低调得像个贤妻良母。

她很少说话，但说出来的话都是一言九鼎。

当然，坊间也时常传闻，说她心地狠毒、诡计多端、残忍冷酷、手段毒辣，颇有当年武则天的风范……

不知道哪儿传出来的。

而上官婉儿，这个从小缺乏安全感，从掖庭一步步爬到宫廷的女官，在多年的政治斗争中，早就学会了随时抱强者的大腿——直到她自己也变成强者。

说得好听，是“识时务者为俊杰”，说不好听，是墙头草。

她一直以为，做墙头草很安全。

直到那个童年时的玩伴——那个和她一起吟诗、一起打马球、一起对男人品头评足的小太平，有意无意地对她露出了獠牙。

太平公主和安乐公主的矛盾日渐增长，终于接近白热化。

权欲熏天的韦氏母女，大约把这个武则天嫡女，当作她们权力路上的最后一个障碍。

安乐公主想当皇储，疯狂地想，每天做梦都是祖母武则天的霸气背影。

她迫害践踏自己的异母兄长——太子李重俊，导致后者于707年发兵政变，后被镇压身死。安乐公主的第一任丈夫武崇训和公公武三思就死在这件事上。

过了两年，安乐公主突然“想起来”，太平公主也参与了这次政变！

遂向皇帝李显诬告。当然李显也没傻到家，在群臣的劝谏下，就坡下驴地宣布太平无罪。

从此以后，太平和安乐，就是你死我活的关系。

没人有资格做墙头草。

但要公开与谁为敌，代价也是致命的。许州参军燕钦融曾经舍命进谏，说皇后韦氏和安乐公主干预国政，图谋不轨。皇帝李显默然不语。燕钦融仰天长叹，刚刚走出宫门，就被韦氏命人当场杀于殿庭石上。

上官婉儿觉得自己身处一场赌局之中，赌注是后半辈子的寿数。

突然，头顶上一声脆喝，打断了她的思索。

安乐公主浑身珠光宝气，趾高气扬地丢给她一卷草稿：“喏，你帮着润色一下，我去向父皇请旨。”

请什么旨？上官婉儿知道，皇帝对安乐公主娇宠到了什么程度。

安乐公主经常会写好“圣旨”，却蒙上内容，再玩闹似的蒙住父亲的眼睛，撒娇让他签字。

而李显每次都糊里糊涂地签字，连“圣旨”的内容都不看！

上官婉儿慢慢打开草稿，全身血液凝固了一刻。

安乐公主终于等得不耐烦，自请封为“皇太女”，做大唐的储君。

“磨蹭什么？快去办事！”她催。

上官婉儿看着眼前的娇蛮小公主，一字一字地说：“恕臣不能。”

然后她转身而去，留了个刚毅果决的背影，听到安乐公主高声咒骂。

上官婉儿那颗摇摆的心，终于慢慢偏向了太平的方向。

当然，安乐公主请封“皇太女”的折子，还是通过别人提上了朝廷的讨论议程。

这下舆论大哗，不少人这下命都顾不得了，哭天喊地哀告皇上啊圣人啊千万别让她得逞！

韦氏学武则天，拉拢朝臣，培植心腹，然而她却没有武则天的识人之能，身边尽是阿谀谄媚之辈。

这些人，敛财卖官、迫害忠良时还算在行，真辩论起政治来，怎么说得过朝廷里那些正气凛然、学富五车的大忠臣？

更让韦氏母女惊掉下巴的，是上官婉儿居然也参与到了劝谏中来，而且态度很鲜明。

先是检举揭发，然后辞官不做，再到削发为尼，都没有得到皇帝的准许。最终婉儿居然以死相谏——当然，毒药刚喝下去，太医就来了，没真死成。

“皇太女”成为泡影。气急败坏的韦氏母女终于开始不择手段了。

公元710年夏，唐中宗李显在吃过一碗汤饼之后，静悄悄暴毙在自己的床上。

《新唐书》和《资治通鉴》都认为，他是被韦氏和安乐公主毒死的。用的是经典的“来，大郎，喝药……”

而《旧唐书》里没有相关记载。

不管“毒杀亲夫亲父”这件案子有多少疑点，有一点是确定的：当时的韦氏和安乐公主，还完全没有做好夺权的充分准备。她们两眼一抹黑，全凭欲望行事。

上官婉儿头一次跟太平公主并肩作战。她们先下手为强，火速起草了一份遗诏，立李重茂为皇太子，李旦辅政，韦后为皇太后摄政，以平衡各方权力。

但韦氏显然不满足这个安排。她授意党羽，尽快干掉太平公主和相王李旦，然后想直接学武则天，自立为皇帝。

上官婉儿在深宫里得到这个消息，迅速派人回传给太平。然后她躲进自己的宫室，闭门不出。

如她所料，太平很快就派兵攻进皇宫，发动了一次干脆利落的政变。

她听到宫外惨叫呼号，夹杂着疯狂的胜利呐喊，似乎还有太平公主的儿子薛崇简的声音。

有人说，韦氏逃跑未遂，已经被斩首。旋即又有人报说，安乐公主居然毫不知情，还在梳妆台前画眉，一个小鲜肉陪侍一旁。乱兵闯入，当场将她诛杀，时年二十五岁。

武延秀被斩，韦氏所有党羽被诛杀，一个没逃。

这个忙乱中用纸糊出来的戏台子，经不起高手的检验。稍微一推，顷刻间倒塌成一片废墟。

上官婉儿长长呼出一口气。她赌赢了。

她想象着那个在府中运筹帷幄的太平。压抑了这么久，她现在应该……终于有些笑容了吧?

“哗啦”一声，有人破门而入。上官婉儿连忙执烛迎接。

带兵闯入的这个年轻人，有点眼熟……

“相王之子，李隆基？”

婉儿先惊又喜。

李隆基手上依然握着剑，威严道：“奉姑母太平公主之命，前来清乱肃反。昭容莫慌。”

婉儿连忙点头，赶紧表忠心，拿出她和太平一同草拟的诏书，表明自己是太平这边的人。

李隆基似是怀疑，问她：“你先前曾经支持韦氏，但一直貌合神离，反而跟我姑母太平公主结成了同盟？”

婉儿：“是。”

“我姑母亲自与你共谋？”

婉儿：“是。”

“从今以后，你依然会忠诚地陪伴在她身边，做她的幕僚，给她出谋划策？”

婉儿点头：“是。”

她心中升起一股奇怪的自豪。兜兜转转，做了这么多年墙头草，终于在今天，认准了自己的最终归宿。

她想象着自己和太平一同参知政事、闲暇娱乐、诗笔且试天下。忙碌了半辈子，终于可以给自己放个假了。

可面前的李隆基李三郎，确认了她是“自己人”，手中的剑却始终没有放下。他俊秀的脸上神情变幻，最后定格成一个细腻而冷酷的笑。

他举起剑，说：“既然如此，得罪了。上官昭容。”

上官婉儿在最后一刻，终于意识到了什么，但她已没机会向太平公主示警了。

后来的事情，历史中记载得很清楚了。太平公主得知上官婉儿“在仓促混乱中被杀”，错愕哀伤，却无言以对。

毕竟，李隆基信誓旦旦地跟她说：“那个女人形迹可疑，言辞闪烁，明明是和韦氏一道的。为了姑母你的安全，我不能冒险留她。”

再然后，李隆基和太平公主姑侄争权斗法。

太平毕竟年龄大了，精力欠缺，身边可靠的人渐渐离去。再加上经历了武则天时代的女帝掌权、杀戮宗室臣子的黑色记忆，朝廷里的大官小官们也磨炼出了一套“防止女性再次上位”的话术权谋，用尽一切办法，对胆敢觊觎皇权的女性围追堵截。

太平终究是输了。公元713年，已经登基的李隆基以谋反为名，将她逼入了人生的尽头。就连太上皇李旦出面为妹妹求情，也没能挡住那个冷血年轻人的杀意。

异军突起的李三郎，终结了一个美好而混乱的时代。

自此，李唐武周时代的群芳争艳黯然落幕。天下重新回到男人的手里。

但是她们的传奇始终未曾消失。

关于她们的记载，有些缺失了，有些却不断被添油加醋，扭曲抹黑。

有人说她们放荡贪婪，有人说她们凶狠无情，有人说她们才华横溢，有人说她们惺惺相惜。

有人敏锐嗅出太平公主和上官婉儿之间不同寻常的气氛，有人却说，女人间怎么会有纯友谊，单是互相抢男宠，就足以让她们反目成仇了。

太平公主的在天之灵大概看不下去了。2013年，上官婉儿的墓志铭意外出土，将近一千字的内容，除了颠覆了一些史书上的记载，更是坐实了太平和婉儿之间的情谊。

墓志铭中透露了如下信息：

上官婉儿死后，太平公主十分哀伤，斥巨资资助其葬礼，还主张为她编纂文集，“词旨绸缪（绸缪：意思是紧密缠缚，连绵不断，情意殷切。）”。

而上官婉儿的安葬地点，不在她的家乡天水，反而在雍州咸阳县茂道乡洪渎原，也就是太平公主的家族墓地，毗邻太平公主的女儿。

再看这句：“潇湘水断，宛委山倾。珠沉圆折，玉碎连城。甫瞻松槚，静听坟茔。千年万岁，树花颂声。”更是情愫缱绻，浸入了极其深厚的个人感情。

再看太平公主主持编纂的《唐昭容上官氏文集序》：

“……镇国太平公主，道高帝妹。才重天人，昔尝共游东壁，同宴北渚，倏来忽往，物在人亡。悯雕管之残言，悲素扇之空曲……”

倏来忽往，物在人亡……

斯人已逝，传奇未落。

人物小档案

太平公主，是唐高宗李治与武则天的小女儿，唐中宗和唐睿宗的妹妹，生平极受父母兄长尤其是母亲武则天的宠爱，权倾一时。

上官婉儿，复姓上官，小字婉儿，幼时因为极为聪慧被武则天重用，多年间掌管宫中大小事务，有“巾帼宰相”之称。唐中宗时期做了皇妃，最后死于李隆基之手。

韦皇后，唐中宗李显的皇后，在中宗时期曾把持朝政，奢侈无度。李隆基发动政变之后，韦皇后在宫中被杀，并被追贬为庶人。

安乐公主，唐中宗李显幼女，有“唐朝第一美人”之称，小名裹儿。她最初嫁给武三思的儿子武崇训，后来又嫁给武承嗣的儿子武延秀。死于李隆基之手，死后被废为“悖逆庶人”。

此四人皆是武则天时期风云一时的女人。

第二部分

北方有佳人

惊才绝艳，爱恨自我的美人们

第一章

傲骨临风，咏絮之才
——名门仕女谢道韫

世纪婚礼

金陵城秦淮河畔，朱雀桥乌衣巷中，一场盛况空前的世纪婚礼正在举办。

“世纪”是东晋年间，公元3世纪。婚礼双方正是历史上赫赫有名的琅琊王氏和陈郡谢氏。

你可以不了解东晋，但你不会没听说过“王谢”，毕竟将家族的荣耀写满几朝史书的姓氏屈指可数。

他们权倾朝野，在时代旋涡中指点风云变幻；他们惊才绝艳，在诗书画艺上包揽乾坤，使得后世门第无不仰止。

“山阴路上桂花初，王谢风流满晋书。”“若教王谢诸郎在，未抵柴桑陌上尘。”

文人墨客书不尽，堂前燕子去复还，而这场婚礼正赶上了两家最辉煌的时代。再没有这样的门当户对、女貌郎才，再没有挽大厦于将倾的安石公亲自为侄女主婚。

如云的宾客中，多是朝中肱股大臣，艳羡与嫉妒的目光交织，红烛歌乐中，饮下的不再是美酒甘醇，而是就此改写的天下大势。六朝重门第，九品中正制，权柄掌握在最高士族手中，而各等级士族则如金字塔般，托举起摇摇欲坠的东晋皇室。

这场婚礼的高贵，远不在于婚服何等华丽，新娘佩戴何种款式的簪环，因为他们所冠的姓氏本就足够骄傲。

年轻的新人还不清楚，这场婚礼从来不是两个人的事，甚至不是两家之事，它仿佛彩凤腾于岐山，挥一挥翅膀，朝堂野下的风向就已扭转。

二百年后，手握重兵的侯景倚仗威势，请求与王谢联姻，从皇帝那里得到的答复却是："王谢门高非偶，可于朱张以下访之。"此事激怒了侯景，间接催生了毁灭梁王朝的侯景之乱。

这事先按下不提，让我们回到现在。

王谢小两口含着同款金汤匙出生，家里出的名人甚至可以拿来打牌：

新郎出一张我先祖王导【权倾朝野】，新娘立马管上一张我叔父谢安【东山再起】；新郎一张我亲爹王羲之【行书第一】，新娘一张我侄孙谢灵运【山水诗鼻祖】；新郎气不过，再一张我家献之俊美无俦【公主非他不嫁】，新娘便又加一张我家谢混风华绝代【谁没娶过公主似的，"禁脔"指的就是他】；新郎满手牌一扔，【琳琅满目】说的就是我们王家的美少年，新娘微微一笑，【芝兰玉树】知道吗？讲的就是我们谢氏子弟。

其实新娘这把牌打得还未尽兴，与"大谢"谢灵运齐名的"小谢"谢朓，是诗仙李白的偶像，太白不止一次为小谢挥毫，其中就包括那首震古烁今的《宣州登谢朓楼饯别校书书云》。

新娘自己也被永远篆刻在了史书某一页，以“王凝之妻”的名义，以远远盖过自己夫君的才情，为后世所铭记，成了血与泪写就的《晋书》间那一缕带着木叶香气的风。

她的名字叫作谢道韫。

咏絮之才

两晋品评之风盛行，从书法到穿搭，从身高到肤质，什么都要比出个高低等级。就比如说有位叫张玄的太守，因为和谢玄名字里都有个“玄”字，并称为“南北二玄”，因而事事都要攀上一攀，但较起真招来，又事事矮谢玄一头，江左十贤人家在头他在尾，八个人的差距让他很是憋屈。

有一日这厮实在意难平，撸起袖子直接找到了济尼那里，拍板便问：“我家姊妹和谢家姊妹，哪个更优秀？”

原来这张玄是个妹控，认为自家妹子张彤云那是举世无双的好，素有才名，又嫁给了吴郡四大家之一的顾氏，就常挂在嘴边和谢玄的姐姐谢道韫比较。

这济尼常在两家间来往，又是出家之人，从她这得到的答案应该是最客观的。

可济尼的压力也是比较大的，毕竟在这世道，开口就要对自己的言论负责任，否则一不留神就会被记到《世说新语》里，到时人手一本，丢人就丢大了。

她仔细思虑了片刻，莞尔笑道：“王夫人神情散朗，故有林下风气。顾家妇清心玉映，自是闺房之秀。”

这位大师假使再晚出生一千七百年，写本《说话的艺术》，铁定能卖到脱销。

当时的人都认为她的评价非常中肯，分别精准地点出了两家女子的优点，而又不得罪人。但明眼人都看得出来，济尼显然是在给张玄个台阶下。

“闺房之秀”和“林下之风”诚然都是女子贤德之体现，但格局上高下已判，谢道韫之才不输男儿。

谢道韫估计自己也是这么想的。

因为谢家的教育模式比较特殊，名门世家，本就家学渊博，哥哥们在外征战，少负盛名的谢安不想锋芒太露，于是选择了归隐东山。

谢安每日写写书法，弹弹琴，傲然携妓出风尘，沉淀自我的同时，顺手也把家族的教育事业搞上一搞。

这位未来的风流宰相对待教育问题，秉持着男女平等的原则，尤其欣赏真性情的女子，给梁祝修过墓，帮侄女离过婚，又有几分怕老婆。

牵着一连串粉雕玉琢的小娃娃，他言传身教，唯愿芝兰玉树生于阶庭。

而他最喜欢的就是大哥谢奕家的女儿，谢道韫。

在谢道韫很小的时候，谢安就曾问她，觉得《毛诗》哪一句写得最好呀？《毛诗》即流传的《诗经》注本，在那个时代相当于贵族少年儿童的启蒙读物。

遇到这种问题，大多数儿童都会不假思索地答：“关关雎鸠，在河之洲。”简易程度，相当于四六级词汇中的abandon；稍有想法的孩子脑子则会转个弯，答上句：“彼黍离离，彼稷之苗。”来表现自己对课本的熟悉，再有意无意地暗示下自己的政治理想。

谢道韫答的是哪句?

不讲情面地说，在场的各位都不一定听说过。

《大雅·烝民》最后一句:“吉甫作诵，穆如清风，仲山甫永怀，以慰其心。”就是这句标题就很难，翻译更是难上加难，并且内涵多有争议，却又意蕴无穷的诗句，被一个还没有床榻高的小姑娘眨巴着长睫毛，一板一眼地讲出来作为自己的最爱。

当时谢公赞颂她有“雅人深致”，笑容间流露的欣慰可想而知。

某日，谢公与往常一样，将家中小儿女聚集在一起，讲论文义。

江左的冬日并不是很冷，况东山别墅中，炉火正融融，两代人执卷围坐，谈经论典，氛围轻快。厅外是青山莽莽，碧峰入云，云深处时闻抚琴长啸之声。

不知哪个孩子先分神，向外瞥了一眼，随即按捺不住惊呼，心也雀儿似的飞向云天外。那小小的冰晶融化在一双双清澈的眸子中，一朵、两朵，自万丈高空倾落，又被回风卷起。

谢公拉着小儿女们走出厅堂，仰头望去，千里江山尽飘雪。

俄而雪骤，没多久就滚烟般在地面覆了灿灿一层，大大小小的脚印麦穗般纵横在院子中，冒雪玩耍的孩子们睫毛上都挂了层冰晶，领口的狐裘也沾着湿漉漉的水珠，早把诗书抛到一边去。

谢公亦不阻拦，笑看他们玩得尽兴，而后招招手将他们唤回火炉旁，边烤火边欣然问道:“你们看外面纷纷的白雪，像是什么?”

兄长谢据的长子胡儿一张脸冻得红扑扑，闻言高声道:“撒盐空中差可拟。”差不多就是把洁白的盐撒向空中的样子吧。

谢公望着外面打着旋下落的漫天大雪，无声地笑了笑，继而转向众子侄们："谁还有别的想法吗？"

一时满庭无言，孩子们你望望我，我望望你，苦思冥想着，大雪除了像盐，还能比作什么？

直到此时，凝望雪景出神的小姐姐谢道韫方才回过神来，清浅的笑容于唇边慢慢漾开，那无瑕的白雪已融化在眼角眉梢间，她脆生生道："未若柳絮因风起。"

炭火仍噼啪地燃着，寒冬冷景却像被揭开一个边角，幡然揭去，眼前已换作了绿柳成荫的阳春三月。熏风折尽柔条千尺，又载着柳絮飘转旋空，飞絮雪白轻盈，无穷无尽，兜转各西东，与眼前纷纷而下的大雪何其相似？此等意蕴，"撒盐"二字，怕是再羞提了。

谢公惊艳过后，不由得拊掌大笑："古有班昭、蔡琰，我谢氏女儿中也不乏旷世之才，如此襟怀玄思，真乃女中名士！"

天壤之间

其实谢安最初给谢道韫选定的丈夫，不是王凝之。

最疼爱的侄女的婚事，当然要慎之又慎，谢公在精挑细选后，将目标锁定在了好友王羲之家，并且一眼就看中了凝之的五弟——徽之。

徽之有才，书画俱佳，传世的《新月帖》便是他的杰作，别说是王家，就是在整个天下都是难得的出挑人物。

但让谢安不放心的是，这个人见人爱的男孩儿皮得很，不拘小节到人人皆知。

据说他曾与七弟献之同坐在一个房间里，正赶上前面起火了。

按当时崇尚的名士之风，理当像献之般镇定从容，在随从的搀扶下慢慢地走出去。可王徽之才不管那些，保命要紧，管它气度不气度的，连鞋都不穿，撒腿就往外跑。

又一日天降大雪，王徽之懵然睡醒，四顾皎然，便载着酒，兴冲冲去找一个叫戴安道的朋友玩。船行了整整一夜才到戴家门口，他却心思一转决定不进去了。

人问其故，王徽之洋洋答道："吾本乘兴而行，兴尽而返，何必见戴？"

就是这么随性，就是这么洒脱。

这样的男儿做人家儿子，定会被捧在手心上宠，但作为女子托付一生的丈夫，是否太不稳重？

谢公陷入了沉思。

不久后，谢公做下了他人生中为数不多的错误决定，他将侄女谢道韫嫁给了更为质朴较为平庸的谢家次子王凝之。

没有人能够扭转时空，去验证倘若谢道韫嫁给志趣相投的徽之，结局会不会大不同。

我们能够看到的只有她嫁给凝之后没过多久，就满怀怨气地跑回了谢家。

《晋书》上记载，她"初适凝之，还，甚不乐"，这种不乐"甚"到了举世皆知的程度。亲眷们都来探问，想看看这位向来清雅睿智的谢才女为何一反常态？那王凝之是家暴了，还是要纳妾了，竟将她惹到了这种地步？

谢安作为主婚人，坐下来耐心地劝道："王郎，那是王逸少的儿子，叔父亲自替你把过关的，他各方面都不坏，怎么就让你恨到了这种程度？”

谢道韫眼泪都要下来了，明明白白道出了自己心中所感：“一门叔父则有阿大、中郎，群从兄弟复有封、胡、羯、末，不意天壤之中乃有王郎！”

她是真的震惊，从这短短一句话中，我们不难读出她跨越千年破纸而出的震惊——“不意天壤之间乃有王郎！”

平常人家女儿能够嫁给王羲之的儿子，成为琅琊王氏的媳妇，那是做梦都能笑醒的尊荣，祖坟青烟冒出好几十里地去，但对于谢道韫来说根本不是的。

她自小生活在什么样的环境中？将她带大的叔叔谢安大才槃槃、以身许国，她的兄弟玩伴谢韶、谢朗、谢渊皆是不世之才。她的亲弟弟谢玄甚至数年后组建北府兵，领导了历史上著名的淝水之战，然而对她而言，不过是个扯着衣角叫姐姐的跟屁虫，没放在眼里。

她眼中平凡的世界就该是这样，其间生活的人才高八斗也是寻常。

直到她嫁给了王凝之。

这不是她对于另一半要求过高，这只是一个仙女发出了“老娘为什么要下凡”的怒吼。

她的另一半——王凝之，也是真的很不争气。

众所周知，王家出人才，王羲之的七子献之与其父并称“二王”，新安公主哭着喊着要嫁给他。方才说过的五子徽之也是位至情至性的小天才，可到了老二凝之这里，画风就格外奇特了。

他的一生各方面都平平无奇，唯独将不靠谱这一条诠释得登峰造极，为本就奇事迭出的东晋史增添了不少笑柄。

琅琊王氏时代，崇信五斗米教，到王凝之这里更是将宗教崇拜进行得彻彻底底。

当时孙恩叛乱，攻打会稽，作为会稽内史的他，正常来说应该组织军队进行军事抵御，可他偏不，幕僚劝也不听。人家把靖室大门一关，天灵灵地灵灵开始请神祷告。

眼看着兵临城下，众将急得要头顶冒烟，王内史踏星步斗，拜神起乩，笃定地认为自己所在的是个修真系统，因为孙恩也是五斗米教教众，两个人应该以法力决胜负。

或许是想要模仿谢安当年围棋赌墅的从容镇定，他理理宽袍大袖，出门对诸将悠悠道："我已经请了神道，天神许我以鬼兵相助，贼人不攻自破。"

这个糊涂虫到死也没有明白，为什么对手孙恩会不按套路，没等他变身完毕，召来鬼兵，便一刀斩下他的头颅。

谢道韫就这么守了寡。

才辩无双

王凝之死后，谢道韫一生都没有改嫁。

由上文可知，两人感情并没有缠绵到非要守节至死的程度，当时对女子的要求也不是很苛刻，贵族女子改嫁之事常有发生。

唯一的解释就是，谢道韫的人生从来不以男人为中心，成亲这种事，体验过一回也就罢了，有或没有男人，都不耽误她好好地活。

她不仅文采卓越，玄理也辩得漂亮。

辩论对当时的人们而言，可不是打场比赛对遍稿子，友谊第一比赛第二那么简单。它直接关系到名士们的仕途和社会地位，美其名曰“清谈”。

当年谢家的先祖谢鲲就是凭借清谈的才能，使名望平平的谢家成功跻身于一流士族之列，而谢道韫无疑完美地继承了这一家学。

作为东晋吐槽大会的首席，谢姐姐怼天怼地怼四方，但凡她一开口，这场玄谈就可以画上句点了。

婚后王凝之的日子过得怎么样，吵架是不是常常吵哭，这个我们没调查过不能断定，但谢道韫的亲弟弟谢玄，的的确确是没少挨姐姐的骂。

这位以八万北府兵打得苻坚百万雄师风声鹤唳、草木皆兵的神将在外面威风，一回到家就被叔父和长姐轮番训得呱呱叫。

叔父谢安作为长辈，温和慈爱。谢玄少时风流爱俏，身上常佩着紫罗香囊，谢安生怕他养成了轻佻的习性，但又担心直接出言制止会伤了少年人那颗脆弱敏感的心，便趁着与他玩笑打赌之际，将香囊赢了过来，投入火中烧掉了。

谢玄也是聪明孩子，一看就明白了叔父的良苦用心，自此再不去碰那些玩意。

好一段叔侄情深的温情佳话，可画风到了谢道韫这里，却来了个一百八十度大转弯。

差不多的天气差不多的暖，差不多的庭院里游荡着差不多的小谢玄。小谢玄近些日子的功课差不多地混着。

反正自己这么可爱，卖个萌叔父就会原谅自己啦，谢玄挥动着柳枝这样快乐地想着，一抬头就看到了桥头亭亭玉立的长姐，心里顿时“咯噔”了一下。

谢玄：“姐姐看不见我，看不见我……”

谢道韫不仅看见他了，谢道韫还要开口骂他。她骂人的时候从来不歇斯底里，音都不破，排比句也从来不用，因为真正的高手都是一刀致命。

只见她嘴角微微勾起，讥诮地瞟了谢玄一眼，用不高不低的声音道："为坐务经心，为天分有限邪？"

你小子这么不长进，是俗事太多，还是天分有限呐？

谢玄眼睁睁看着她眼帘一垂，再不搭理自己，就像是西门吹雪剑招无痕后轻轻吹去刃上一滴血，脆弱而敏感的心已经被洞穿了，还碎成了无数片。

他不由得回想起那个夕阳美好的下午，叔父当着族人们夸赞自己天赋上乘的场景；不由得回想起自己在伙伴面前吹过的三千个牛皮，以及自己曾凭借这个血统受过多少崇拜，以及从小到大无数次被姐姐才华碾压的恐惧……

一击诛心，未来的谢大都督落荒而逃。

结婚后的谢道韫没了弟弟骂，就很寂寞。

丈夫的弟弟王献之也爱好玄谈，但毕竟是小叔子，自己身份摆在那，放不了大招，动不了真格，谢道韫于是越发寂寞。

这天，王献之正和宾客谈议，谈着谈着就辩起来，辩着辩着王献之理屈词穷，竟有要吵输的架势。谢道韫在隔壁听得真真的，心说岂有此理，有嫂子在这吵架还能输？马上派奴婢去给献之传话道："欲为小郎解围。"

六个字看着淡定，事实上谢道韫心急火燎，在隔壁憋得快挠墙了。想她嫁过来的这些日子，家里一个能打的都没有，可怜她的玄理雄辩之才，只能每日说与阑干前的花草听——说起来就气，院里牡丹花又被她说死两株。

好不容易逮着这么个合情合理的好机会，她忙派人支起青绫步幛，迤迤然漫步而来，在重重遮蔽后微微一笑道："刚才说到哪儿了？”

谈论的内容我们不得而知，王献之即将溃败的残局是怎样被救回来的，后世史书中也并无记载，但不难想象当时隔着青绫步幛，宾主畅谈的情形。

谢道韫非但没有因为自己的女子身份而怯阵，反而字字铿锵，越辩越勇，用自己无尽的才情与思辨赢得了这场谈玄论战，以至于最后“客不能屈”。

可以断定的是，那些历史上被百般赞颂的名士们，彼时彼地，也无不对这位才女投去了敬佩的目光。

傲骨临风

孙恩之乱时，王凝之谢道韫夫妇都表现出了超凡的淡然，但王凝之是神经，谢道韫却是真镇定。

《晋书》中用“举厝自若”来形容她。

自小被叔父养在身边的谢道韫，习惯了泰山崩于前而色不变，慌乱对她而言是种耻辱，况且也无济于事。作为钟鼎之家的夫人，她知书达礼，当灾难来临，她也深深地明白该如何冷静地面对这一切。

听闻丈夫和所有儿子都被害的消息，她没有恸哭寻死，没有仓皇逃命，而是选择了“命婢肩舆抽刃出门，乱兵稍至，手杀数人，乃被虏”。

世上最会执笔的女人，面对凶残肆虐的敌军，毅然抽出了刀剑，且能够手杀数人，这是怎样的风骨与勇气。

当敌军要残杀她年幼的小外孙时，这个无所依傍的女人又站了出来，挡在了孩子和武器之间，用坚定的口吻傲然道：“事在王门，何关他族！必其如此，宁先见杀！”

我们不得不承认，文才是刻在骨子里的天赋。

当她还是个少女的时候，说出的话便一字不可废，她总是能在须臾之间，用最简短的字句打动人。

不同的是，“未若柳絮因风起”道出了世间至柔之美，此刻的话音却刚劲到风云也为之变色。

当时谢玄已死，王氏更是被杀入了家门中，能庇护谢道韫的再不是她高贵的血脉和身份，而是她天地间独一无二的铮铮傲骨。

孙恩作乱时泯灭人性到连婴孩都要残杀，但他却不愿对这样一位女子刀兵相向。

我们无法体察孙恩放下利刃，命众兵退后时的心绪，许是见过太多狼狈逃窜的所谓“正人君子”，面对这个孱弱却不屈的妇人，就连他也无法不动容，竟放弃了迫害，放他们归去。

看过了人生极致的繁华，转瞬又堕入家破人亡的大悲苦，谢道韫几经颠沛，住回了会稽家中。

院中尽是残垣断壁，花草荒败，破旧的素色帷帘被秋风吹过，仿佛还能听到席间宾主的畅谈，所剩不多的家人们面对这位年事已高、鬓发斑白的夫人，叹息与哀愁压在心底，无不面容肃然。

她的皱纹眼见着多了，笑容少了，话音也愈发低沉，却独不落泪，无尽沧桑与绵绵心绪交织在一起，非泪水可涤荡，无一人能与说。

赴任的会稽太守刘柳久闻她的清名，派人前去相邀，希望能与之谈议，而谢道韫也听说过刘柳此人，并不加以阻拦，两人在会稽老宅中重开谈席，无花无酒，只是将往事细细说来。

相隔一道青纱帐，谢道韫簪髻素褥居于其中，刘柳则备好了束脩之礼，衣带整肃坐于别榻。

那个藏在青绫步幛后谈笑风生的小妇人早已青春不再，但气度依旧，经过岁月锤炼，越发如酒般清冽醇厚。她风韵高迈，叙致清雅，将前尘旧事徐徐铺开，另一端的刘太守亦是频频应和，用心酬答。

谈到家人如何惨死在战乱中时，这位压抑太久的母亲终于泪如雨下，她紧紧攥着身下的褥子，任泪滴一点一点浸湿大片素白。

她哽咽着，但慷慨陈词却并未因此散乱半分，她要自己的头脑永远都是清醒的，接下来还有漫长人生要走完，她只身独行，永不下跪。

离开王家的刘柳留下了这样一句感叹："实顷所未见，瞻察言气，使人心形俱服。"

他毕生从未见过这样的女子，眼光之高远，气量之豁达，言辞之高妙，使人从身到心俱为叹服。

而谢道韫也说："亲从凋亡，始遇此事，听其所问，殊开人胸腹。"

二人只有区区一面之缘，这一面甚至还"素未谋面"，但彼此却都萌生出了惺惺相惜的情谊。

这种情谊满怀感念，跨越了肤浅的男女感情甚至无关于性别身份地位，无非是刘太守远道特来，被谢道韫的一席话深深震撼，而谢道韫扫径以俟，将万古长愁倾吐而出。

少年不识，天壤之间乃有王郎也；老迈忽感，尘寰之中幸有刘太守。

谢道韫，这位注定与众不同的才女，到了晚年能与刘柳这般人物相识相知，也算是种莫大的慰藉吧。

人物小档案

谢道韫，字令姜，东晋时女诗人，是宰相谢安的侄女，安西将军谢奕的女儿，也是著名书法家王羲之次子王凝之的妻子。

谢道韫出身名门，自幼能文善辩，极具辩才，虽然晚景凄凉，却一身大气，从未屈服。她是让人心服口服的真才女。

第二章

一纸红笺，两处相思

——大唐最浪漫的女诗人薛涛

一纸红笺，两处相思，三五知己，千百佳句。万里桥边女校书，面对一句句好奇的询问，她淡淡一笑，只两个字：爱过。

浪漫的大唐造就了浪漫的诗人，浪漫的诗人不仅仅集中在长安，位于天府之国的成都，也是当时的一个小资文青聚集地。

杜甫就不用说了，在浣花溪旁边盖了个草堂，写下了无数著名诗篇，比如“晓看红湿处，花重锦官城”，成了千百年来成都的城市营销金句。

比如四川人李白，随随便便就是“九天开出一成都，万户千门入画图”，放在现在就是成都旅游官方广告语，吸引了无数文人墨客旅游团。

李白很有良心，觉得不能光给家乡做广告，又作诗提醒大伙“蜀道难，难于上青天”——路不好走。但这哪能阻住小资们向往安逸巴适的心呢？大伙不顾旅途劳累，纷纷来到成都寻找生活，结果“游子去游多不归”（方干《蜀中》），都留在成都流连忘返了。

为了宣传成都的文化底蕴，前几年《成都晚报》搞了个网友投票，评选“十大成都唐代诗人”。评选结果出来前，随便拉一个路人都觉得，李白杜甫肯定高居榜首，结果出来之后却让人大跌眼镜。

李白杜甫倒是榜上有名，但并非高居榜首。

排在李白前面的，成都人心目中最浪漫的本地诗人，赫然另有其人。

她就是薛涛。

少时聪慧，奈何家境落败

薛涛并不是土生土长的川妹子。她于公元768年生在长安，后来因父亲薛郧做官而来到蜀地。

事实证明，成都水土养人，不仅在于外表，也养在内在，幼年的薛涛展示出了惊人的文学天赋。传说她八九岁的时候跟父亲闲坐庭院，薛爸爸看到院中梧桐，诗兴上来，随口吟咏：“庭除一古桐，耸干入云中。”

处于小学二年级时期的薛妹子头也没抬，接上了后两句：“枝迎南北鸟，叶送往来风。”

薛爸爸一听，这才女啊！不愧我平时的教导啊！

可是薛郧脑回路比较清奇，又想多了：迎南北鸟，送往来风=迎来送往=水性杨花=沦落风尘……

呸呸，不吉利不吉利，这瓜娃子，可不要一语成谶啊。

其实，风啊鸟什么的，都是诗中常见的意象。要是人人都有薛郧这种联想能力，唐朝人也别作诗了，基本上每句话都不吉利。

在薛涛十四岁时，父亲病逝，留下孤儿寡母在成都艰难生活。

没有了收入来源，“颇有姿色，通音律，善诗文”的薛涛，被迫沦落乐籍，成为乐妓。

薛爸爸这口毒奶威力还挺大。

唐代民风开化，帝王多喜乐舞，民间胡乐盛行，官员们公私宴请的时候，也喜欢歌舞相陪，这就催生了对乐妓的需求。她们不仅要有好皮囊，更需要才艺、见识，懂得人情世故，能在酒桌上活跃气氛，有点像日本艺伎，卖艺不卖身的那种。

当然，这种在名利欢场中拼杀的女人，也不会是从头到脚的小白花。薛涛在这里迅速结识了各种权贵。

大人物们交际花见得多了，可是他们马上发现，这个才及笄之年的少女，跟他们以前见过的乐妓们比，才华上不是一个等级的。

物以稀为贵，人也是。薛涛的声名迅速传开，引起了一个人的注意。

贞元元年（公元785年），中书令韦皋出任剑南西川节度使，宴席上有薛涛相陪。韦皋早就听说这个歌女不一般，酒过三巡，让她即兴赋诗。

再有才的乐妓也是没地位的奴婢，叫你作诗你就得作诗，没时间积累感情等待灵感。要是碰上曹植那种七步成诗的还好，要是赶上那种推敲炼字，一首诗修改好几年才定稿的慢热型选手，基本上就要出洋相了。

但薛涛还是镇定地接下了这个挑战，提笔写下《谒巫山庙》：

朝朝夜夜阳台下，为雨为云楚国亡。
惆怅庙前多少柳，春来空斗画眉长。

韦皋惊了，这完全不是歌女所擅长的风花雪月，也不是小女生的无病呻吟。凭山吊水，感怀世事沧桑，这水平很高啊！

他惜才，此后多次将薛涛召到帅府侍宴赋诗，最后干脆把她留在身边当了贴身秘书，参与一些案牍工作。

对薛涛来说，这不过是小菜一碟。不过跟书本笔墨打交道，比陪达官贵人喝酒唱歌要舒服多了，因此她感激韦皋的知遇之恩，工作起来认真细致，极少出错。

韦皋比薛涛大二十多岁，此时已经是个年近四十的大叔了。然而，他不是一般的大叔。

韦皋出身关陇军事贵族，他生有异象，据说是武侯诸葛亮转世。公元783年，军队叛乱，唐德宗被赶出长安。当时在陇州就任的韦皋临危不惧，和叛军冷静周旋。叛军见他一介书生，也放松了警惕，最后被韦皋设计一锅端，干脆利落地交出了奉天城。

因为平叛救驾有功，韦皋被封为金吾卫大将军，随后任成都尹、御史大夫、剑南西川节度使。

安史之乱后的唐朝，虽然暂时维持着繁荣的表象，但就像一棵从根而烂的大树，已经显出大厦将倾的迹象。

剑南西川节度使不是什么容易的差事。当时的四川虽然富饶，却地处偏僻、民风强悍，穷山恶水刁民一样不少。李白早就警告过了，“所守或匪亲，化为狼与豺”“锦城虽云乐，不如早还家”。

而且四川还跟吐蕃接壤。想当年吐蕃虽然对大唐称弟，娶了个文成公主回去，但那已经是过去的事了。安史之乱以后，吐蕃趁乱袭击中原也不是一次两次了，而且还拉拢了一堆南诏之类的邻国，一起对大唐落井下石。

韦皋上任之后，对吐蕃进行了强有力的打击：广积粮，高筑墙，分化吐蕃的各路盟友，最后击破了吐蕃和阿拉伯阿拔斯帝国的联军，从此威震西南。

据说韦皋死后，蜀人见到他的遗像都会跪拜，果真和诸葛亮一个待遇。

文能安邦，武能定国，书生和硬汉气质兼具，此外他还潜心向佛，捐款完成了乐山大佛的修建……

这时的薛涛不过二八年华，对韦皋这个具有传奇色彩的大叔，除了敬仰，不知还有何种别样情愫。

初入职场，军人大叔慧眼识珠

韦皋属于心有猛虎嗅蔷薇，见薛涛这个小秘做得不错，性格也讨喜，干脆突发奇想，上奏朝廷，请授以这个小姑娘秘书省校书郎，正式给个职称。

校书郎虽然是从九品官，但其意义不可小觑，属于公务员阶层的入门职位。按规定只有进士出身的人才有资格担当此职，大诗人白居易、王昌龄、李商隐、杜牧等都是从校书郎开始自己的仕途的。

韦皋军人本色，不在乎旁人的闲言碎语，奈何朝廷里一堆卫道士大呼不可乱了规矩。那时候武则天的阴云仍然笼罩在大唐君臣的头顶，人们对“女性掌权”这件事非常过敏，必须掐灭在萌芽中。

薛涛最终没获得这个职称，但“女校书”的名声很快传开了，就像上官婉儿的“巾帼宰相”一样，成了她的金字招牌。

开始有人求她办事，毕竟是大领导的小秘，虽然没职称，但是跟大领导关系好啊。

来到四川的官员为了求见韦皋，开始给薛涛送礼行贿。而薛涛这时候还是不管不顾的萝莉性格，你敢送我就敢收，收了之后全数转交大领导，得意请功：看，这么多人巴结我！

韦皋大叔虽然魅力传奇，可却不是平易近人的主儿，表面是书生，本质是军人。军人出身的他对身边人没多大要求，就一样不可商量：绝对的服从。

薛涛这种调皮的行径，虽然无伤大雅，但无异于挑战了他的权威。领导很生气，后果很严重。

韦皋大叔觉得该治治这个胆大妄为的手下，于是下令将她发配松州（今四川松潘县）。

别忘了薛涛此时的身份还是乐妓，她的本职工作是慰劳官兵。虽然说不怎么光彩，但在灯红酒绿的成都侍酒赋诗是一回事，在穷山恶水的边疆，给一群粗糙大兵唱歌跳舞，甚至提供其他服务，又是另一回事了，无异于直接断送她的职业生涯。

况且松州是险恶的边疆地区，安史之乱以后为吐蕃所据，始终未能彻底收回大唐版图。薛涛动身时又是寒冬腊月，艰苦跋涉可想而知，能不能活着走到目的地都是未知数。

她满怀绝望地写诗：

闻道边城苦，而今到始知。

却将门下曲，唱与陇头儿。（《罚赴边有怀上韦令公二首》）

年轻气盛的薛涛终于意识到，领导的宠爱来得容易，可也是随时可以收回去的。

在被现实狠狠抽了一巴掌之后，薛涛终于决定妥协，写下了历来颇受争议的《十离诗》，用特别卑微的语气，把自己与韦皋的关系比作流浪犬和主人、鹦鹉和笼子、马和马厩、鱼和池塘……总之奴气十足，让人不忍直视。一句话概括中心思想就是：“我错了！”

这也是薛涛后来的一大黑点。人们指着《十离诗》里的文字，幸灾乐祸地品评：看，清高才女也不过如此，还不是要靠拍领导马屁来生存。

只有薛涛知道，在权力关系极不对等的情况下，在韦皋掌控她生死的情况下，为了生存而妥协，这种事，古往今来的直男文人们也没少做啊。

韦皋在战场上对敌人狠，但毕竟是个信佛的傲娇大叔，没打算对萝莉斩尽杀绝。在看到了薛涛的《十离诗》之后，老男人的虚荣心得到了极大满足，怜香惜玉地下令把薛涛召回来。

薛涛尝到了生活的铁拳，从此低调做人，很乖很小心，此后历任领导们有点战功政绩，她都十分应景地写诗庆贺。但她的个性并没有完全泯灭，不管是什么内容的诗句，都很少有谄媚的内容，而是写得不卑不亢，自然挺正，毫无脂粉之气。

后来，她请离了韦府，穿上道袍，隐居在万里桥边、浣花溪旁，院子里种了亭亭如盖的枇杷树。

诗人王建创作的《寄蜀中薛涛校书》，生动地描绘了她当时的低调生活：

万里桥边女校书，枇杷花里闭门居。
扫眉才子知多少，管领春风总不如。

韦皋镇蜀多年，幕府人才济济，白居易、张籍、王建、刘禹锡、杜牧、张祜、令狐楚、裴度……都曾和薛涛诗文唱和，有所交集。

韦皋府中养了一只孔雀，前来拜访的文人墨客们纷纷为之赋诗，很多人把薛涛和孔雀相提并论，认为是韦府中的靓丽风景。

薛涛却知，若她只满足于做一只花瓶金丝雀，上次被贬松州的命运迟早会再降临。

她天性聪颖，慢慢开始学习幕府的运作和规律，努力在一个并不属于自己的岗位上发光发热。

红颜易逝，渐渐地，萝莉长成了熟女，少了鲜嫩颜值的加持，却依旧被大叔所依仗重用，不可或缺。

而韦皋英雄迟暮。公元805年，薛涛三十七岁时，他在自己的岗位上献出了自己的生命，年六十。

作为一名乐妓，赏识她的“恩客”去世了，若按寻常剧本，薛涛大概得“重归风尘”，或者像《琵琶行》里的女主那样，“老大嫁作商人妇”，找个老实人，过回正常人的生活。

但薛涛没有，她依旧留在剑南西川节度使府中，继任的节度使们把她当成府里的“非物质文化遗产”。二十多年的幕僚职业生涯，薛涛对剑南西川的各种情况可以说是了如指掌。她跟幕府里的青年才俊们同僚共事，一同成长。从外地入蜀的文人政要，入川之后，通常会直接向她咨询议事。

薛涛终于用行动证明了，自己跟那只孔雀还是很有差异的。

但，多年的诗名、艳名，还有交际场上的人际关系网，使得前来拜访她的男人们都对她“久闻大名”，才不会把她当成一个普通的幕僚来对待。

薛涛三十八岁那年十月，武元衡继任韦皋，出任剑南西川节度使。又一段传奇开始了。

纵横幕府，高冷美男遥相唱和

武元衡这个名字，在群星荟萃的大唐可能算不上最响亮，大家只要知道他被后人评选为唐朝第一美男子就行了。

不仅如此，他家世显赫，是武则天的曾侄孙；他才华横溢，二十六岁时便金榜题名，位列进士榜首；他交游广阔，和白居易是好基友，留下了各种诗文唱和。

但他性格有点高冷，仕途一直不太顺。作为一个浪漫朝代的顶级高富帅，他难得的洁身自好，不喜欢寻欢作乐，对当时官宦们召妓宴饮的风气很反感，曾作诗“满堂谁是知音者”，表达自己出淤泥而不染的无奈和苦闷。

据说有一次饭局，觥筹交错歌妓媚好，西川从事杨嗣喝得大醉，大概是看旁边美男从容自饮，心里不平衡，强逼武元衡用大酒杯喝酒。武元衡不喝，杨嗣干脆把酒浇在他身上，大放厥词，说那就用酒来给你洗澡吧。

换了别人，大约要么大发雷霆，要么忍气吞声。可武元衡修养极好，一动不动任他浇完了酒，缓缓地站起来，换了一身衣服，若无其事地回到了宴席之上。

《新唐书》说他“雅性庄重，然淡于接物”。

就这样一个不近声色的人，到了四川的第一天，就被薛涛迷住了。

并不是那种见色起意的一见钟情。当时薛涛已经三十大几，武元衡比她大十岁，有家有室的。

他对薛涛，更多的是敬重和欣赏。他一上任，就重新把薛涛任命为校书郎，事事依仗，并且让她脱了乐籍，成为自由人。

当然，后世八卦关心的大约都是他俩到底有没有谈恋爱。从他们留下的诗文中可以看出，武元衡和薛涛确实互相倾慕，关系非常之暧昧。

武元衡曾赋《赠道者》：

麻衣如雪一枝梅，笑掩微妆入梦来。
若到越溪逢越女，红莲池里白莲开。

这位风姿绰约的白衣女子到底是谁，诗里没说。然而明眼人都能看出来，这就像丘处机写诗赞颂小龙女一样，当时成都城里喜欢穿道袍的知性美女，非薛涛莫属啊。

薛涛亦曾作《送友人》：

水国蒹葭夜有霜，月寒山色共苍苍。
谁言千里自今夕，离梦杳如关塞长。

这就更有深意了。蒹葭苍苍，千里相似，梦中相会，思念绵长。

还有其他的一唱一和。这两位都是不拘世俗的，撒狗粮的时候一点也不手软。

不过狗粮还是砸疼了旁边一位好基友：白居易。

老白比薛涛小几岁，他差不多已经走完半辈子的人生中遇到过各种各样的女性，出于各种原因为她们作诗。但像薛涛这种才貌双全的女子，想必在他的生命里还是很少见，因此他对薛涛也算是一见钟情。

白居易给薛涛也写了不少诗，其中一部分流传到现在。

不过武元衡比他高比他富比他帅，还是多年的好基友，白居易也不敢有什么过分的言行举止，大约只是深夜里灌灌醋，唱一句为什么陪她的不是我。

好景不长，武元衡在四川没待多久，就回长安做了宰相。平步青云之后，是不可避免的“红颜薄命”。这位才华横溢的美男子政治志向远大，他立志削藩，重塑大唐中央集权，但千疮百孔的大唐政府已经无力限制藩镇的扩张。武元衡的政治理念，无异于和大唐众藩公然为敌。

元和十年六月，武元衡带着随身卫队走在上朝路上。突然，卫队手中的灯笼被射灭，身着黑衣的刺客从暗中跃出，手中利刃闪寒光。

一国宰相被暗杀街头，成就了空前绝后的唐传奇式的结局。

而在那时，远在成都的薛涛，也许并没有立刻得知噩耗。一日，她送朋友卢士玫出蜀入京，写下了《送卢员外》：

玉垒山前风雪夜，锦官城外别离魂。
信陵公子如相问，长向夷门感旧恩。

这里的“信陵公子”，就是武元衡。诗中化用了战国时魏信陵君与门客侯嬴的典故。薛涛托卢士玫向京中的武元衡致意，感念他的知遇之恩。

只是她的那位信陵公子，怕是永远收不到她的致意了。

桃花有劫

武元衡之后，西川节度使来了又去，薛涛都尽心辅佐。她的名气愈大，资历愈深，以致“历届蜀镇欲悉前人治蜀筹边故事，以涛为可咨询之人”。

她已经迈进四十岁，在古代可以做祖母的年纪，但她的青春依然燃烧得旺盛。

公元809年，薛涛四十一岁。

三十岁的诗人元稹以御史身份出使蜀地。按照惯例（和他自己的性格），安顿下来之后，他直接去拜访这位蜀中才女，期待来一段名垂千古的艳遇。

拥有上帝视角的后人看到这一幕，纷纷恨不得穿越历史去警告薛涛：非卿良人，别碰！

可是薛涛不知道。不，她交友广博，信息灵通，怎么会没听说过元稹的种种过往，但她也许自认历经世事，也许觉得过把瘾就好。反正她也不靠男人活，就当谈恋爱丰富人生经历了。

但事实证明，薛涛还是低估了烂桃花的杀伤力。这个桃花劫把她伤得不轻，好几年都没走出来。

元稹到底是什么样的呢？随便一挖就是黑历史。

首先，他年轻时就始乱终弃了自己的表妹，而且他一点也没觉得辜负了表妹，反而觉得这是一项颇可吹嘘的谈资。谁叫本人有魅力呢？

他写了自传式传奇小说《莺莺传》（后来改编成《西厢

记》）——男主张生对没落贵族女子崔莺莺始乱终弃，就是以元稹和表妹为原型的。

故事的最后，元稹借张生之口，发表了一段振聋发聩的洗白演讲："大凡天之所命尤物也，不妖其身，必妖于人。使崔氏子遇合富贵，乘宠娇，不为云，不为雨，为蛟为螭，吾不知其所变化矣。昔殷之辛，周之幽，据百万之国，其势甚厚。然而一女子败之，溃其众，屠其身，至今为天下僇笑。予之德不足以胜妖孽，是用忍情。"

大概意思就是：大凡佳人尤物，一般都是害人害己。如果莺莺她真的傍上了大人物，那肯定就要成为红颜祸水。你看历史上那些亡国之君，不都是被一个女人害的吗？我这点道行还镇不住妖孽，只好忍痛割爱啰。

然后"坐者皆为深叹"，感慨张生深明大义，不为女色所惑，是好男人。

当然，这么一个美化男子始乱终弃、丑化追求爱情的女子的封建故事，除了受到封建士大夫的吹捧之外，三观正的人看了都会觉得太过分。鲁迅在《中国小说史略》就直言斥责："篇末文过饰非，遂堕恶趣。"

《莺莺传》男主原型元稹，带着痴情表妹的眼泪，轻飘飘转身，娶了能让他少奋斗二十年的高官之女韦丛。

而他遇到薛涛之时，韦丛正在生病。后来韦丛病逝，元稹伤心欲绝，写了一堆悼亡诗，包括著名的"曾经沧海难为水，除却巫山不是云。取次花丛懒回顾，半缘修道半缘君"。但刚刚撂下笔，元稹就纳了年轻貌美的小妾，继续沉浸在桃花的魅力当中。

哦对，在这期间，他还出差来到成都，跟薛涛热恋了一阵子。

风流男人，尤其是有才的风流男人，吸引力还是不容小觑的。

元稹的诗歌在当时算得上网红级别，“每一章一句出，无胫而走，疾于珠玉”。而且还特别会撩妹，薛涛要作画，他主动为薛捧持笔砚，而且长得定然也很帅，虽然比不上武元衡，但他年轻啊。

薛涛这个女文青不可避免地跟他陷入了热恋。先前交往过的男人大多数比她年龄大，这一次却是相差十多岁的姐弟恋，世人瞠目结舌，她甘之如饴。

两人也确实度过了一段很美好的时光。春风得意的元稹曾经作《好时节》：

身骑骢马峨眉下，面带霜威卓氏前。
虚度东川好时节，酒楼元被蜀儿眠。

这里的“卓氏”是卓文君，元稹喜欢用她来比喻薛涛。

这首诗大张旗鼓地发在他的朋友圈里，充满了恋爱的酸臭味：看，我追到薛涛了！单身狗们，尽情地嫉妒吧！

薛涛的朋友圈也史无前例地秀起了恩爱：

双栖绿池上，朝去暮飞还。
更忆将雏日，同心莲叶间。（《池上双凫》）

漂泊的浮萍没有根，但在薛涛的心底，也许还是希望彻底的安定。她不奢望明媒正娶，且元稹对她的态度，完全就是把她当成外室——这在当时太普遍了，让她有那么一点过日子的感觉。

可惜好景不长，三个月之后，元稹公差结束，挥一挥衣袖，不带走一片云彩地离开了四川。分别的时候当然不乏海誓山盟，亲爱的等我在朝廷里做了大官就来迎娶你啊，么么哒。

薛涛："临行诀别，不敢挈行，微之泣之沾襟。"

元稹前脚出四川，后脚就娶了新小妾。可惜又好景不长，小妾短命，很快就去世了。元稹又被贬官，在江陵过得很不如意。

那时候距离和薛涛第一次见面，已经过去了五年。

薛涛在千里之外，觉得元稹太可怜了，太需要安慰了。她收拾行李，雇了船，直奔江陵，去会晤自己多年不见的情人。

这大约是她出的最远的一次门了，此前她所到的最远之处，不过是被贬谪的松州。然而，当她风尘仆仆地站在元稹面前时，元稹却是躲闪敷衍的态度。原来他根本就没打算跟薛涛重见。

薛涛默默地打道回府，结束了这段热恋的回光返照。沿途收到元稹的诗：

锦江滑腻峨眉秀，幻出文君与薛涛。
言语巧偷鹦鹉舌，文章分得凤凰毛。
纷纷词客多停笔，个个公侯欲梦刀。
别后相思隔烟水，菖蒲花发五云高。（《寄赠薛涛》）

基本上就是夸了薛涛一番，然后说过去的事就让它过去吧……

过了一阵子，外面传来婚讯，元稹又续娶了裴氏。

虽然这年头不禁男人脚踏N条船，但始乱终弃，说话不算话，依旧是坏孩子的干活。

薛涛其实也早就看清了这人的风流本质，奈何生性浪漫的她，始终抹不掉这一缕相思。但到了此时此刻，她也不得不承认，那场来去如风的热烈恋情，也许只能永远封存在记忆里了。

她无奈写《柳絮》：

二月杨花轻复微，春风摇荡惹人衣。
他家本是无情物，一向南飞又北飞。

此后和元稹再无书信联系。

可笑的是，十年后，元稹到浙江当官，不知吃错哪颗药，突然又想起薛涛，有点想重修旧好，于是动身去西蜀接她。谁知半路遇上个年轻美貌的刘采春，人家是和老公一起来唱戏的，元稹立刻又魂飞别处，眼里只有刘采春了，还给她写诗，说人家“言词雅措风流足，举止低徊秀媚多”，也不管人家老公在旁边干瞪眼。

而此时的薛涛，也遇上一件哭笑不得的事儿。

她和元稹的姐弟恋可谓轰轰烈烈，天下皆知，不免成为文人圈子里的八卦谈资。这一日，许久没联系的白居易忽然给她写了一首诗。

峨眉山势接云霓，欲逐刘郎此路迷。
若似剡中容易到，春风犹隔武陵溪。

仰慕她多年的白居易，在连续被武元衡和元稹PK下去后，眼看美人心伤，终于暗搓搓地朝她递了一根橄榄枝。

但这诗的内容未免太过急功近利。“峨眉山势”是借用元稹“峨眉秀”喻薛涛句，“欲逐刘郎”是借刘晨、阮肇入天台遇仙的故事，两句合起来暗讽薛涛倒追元稹。最后一句是说，人家元稹在浙江离你可远了，中间还隔着湖南（武陵溪）呢，希望渺茫，不如回头看看老白我啊。

白居易和元稹是好基友，史称元白，俩人一起搞过新乐府运动，开创了“元白体”。可遇见那个令人倾倒的女子，即使是朋友曾经的恋人，自己也是要搏上一搏的。

薛涛对此当然不屑一顾。

白居易美人没追到，上不得台面的情诗却流传得到处都是，不免心情郁闷。

后来元稹出于基友情谊，提出要给白居易编纂诗集，并且给他作序。白居易于是整理了自己的诗文，给元稹送了过去。

于是在流传后世的《白氏长庆集》中，我们并没有看到这首“表白”诗。白居易留了个心眼儿，把这诗漏了，后来放在《外集》之中。

老白内心OS：千万别让元稹看见啊。

虽然元稹大概早就不care了吧。

一纸红笺，浪漫遗产点亮锦城

春去秋来，花谢花飞，历经千帆的薛涛依旧寓居成都浣花溪旁，供职西川幕府。

她经历了六朝皇帝，九任剑南西川节度使。对西川建筑、历史、文坛、政治，乃至草木农田、节气民俗，全都了然于胸，随口能说出某人的得失。

她一生作诗极多。《全唐诗》中收录了她的八十一首，为唐代女诗人之冠。她还著有《锦江集》，存诗五百余首，可惜到元代失传了。

她也不需靠男人来养活自己。在她早年时，与人以文辞诗歌唱和，在一张纸上写一首律诗或绝句，当时都是在大纸上写小诗，既浪费，又不美观。薛涛于是让造纸工匠特地改小尺寸，做成小笺，以写短诗。

蜀中产纸甚佳，制以为笺，早有盛名。薛涛心灵手巧，将造纸工艺加以改造，用独特的染色技法，染出深红、粉红、明黄等十种颜色，这就是所谓的“十样变笺”，时人称为“薛涛笺”。

这是薛涛独有的专利品牌，属于高级定制的珍品。大家收到这样的诗笺，便知是出自她手，倍儿有面子。

在诸色小笺中，薛涛最喜红色。据载，她以胭脂木浸泡捣拌成浆，加上云母粉，渗入井水，制成粉红色的纸张，纸张风干后有松花纹路。然后在浣花溪采用木芙蓉皮做原料，加入芙蓉花汁，用毛笔反复涂在纸上，再以书夹湿纸，压平阴干，成为精巧的桃红色小八行纸，蕙质兰心，遍布多情。

世谓“南华经、相如赋、班固文、马迁史、薛涛笺、右军帖、少陵诗、摩诘画、屈子离骚”，乃古今绝艺。

薛涛亦用制笺来维持生计。乃至南宋记录地理风物《方舆胜览》中，就把薛涛介绍为“蜀妓也，以造纸为业”。

看看，左手爱情，右手事业，薛涛把这个副业经营得红红火火，可谓人生赢家。

浣花溪旁，堂屋数楹，美人檐下立，手持胭脂笺，才情爱意，尽付笔墨，不知寄予谁。

成都因她而更浪漫。

她带着无数的传奇与仰慕在此终老。很多人听闻噩耗，一声感慨：唉，都是因为元稹，害她孤独一生啊。

其实元稹在她的人生中不过一过客。薛涛生来就是浪漫的，不羁的，她大大方方地爱，大大方方地放手，她本无意嫁人，也从来不会走世俗给她规定的路。

人物小档案

薛涛，出生于公元768年，字洪度，唐代著名女诗人，同时也是成都的乐妓。薛涛十六岁入乐籍，曾与韦皋、元稹有过恋情，但都没有结果，脱乐籍之后终身未嫁。

薛涛曾自己制作桃红色小笺来写诗，并把写好的小笺送人。因为样式清丽唯美，世人纷纷效仿，称这种桃红色小笺为“薛涛笺”。

第 三 章

潇洒性情，爱恨自我
——鱼玄机与她的诗和远方

我爱过，真实过。

那些道貌岸然的伪君子，在我面前，都卑微成一副可笑的皮囊。

问题老师和问题少女

“我爱你。”

这句简简单单的表白，现代人已经司空见惯。

然而这句话被习惯于含蓄的古人说出口，则显得十分热烈而大胆了。

如果这话是由一名古代女性说出来的，那就更加惊世骇俗，足够让她的表白对象一脸蒙，不知是该受宠若惊，还是该十动然拒。碰上小心眼的男人，说不定还会暗自嘀咕，她到底是不是良家妇女？

如果说这话的不仅是女性，而且是个十二三岁，还没怎么发育的古代小萝莉……

跟读者们预想的一样，坐在对面椅子上的被表白的对象——大唐诗人温庭筠，一下子吓得坐地上了，脸上五颜六色，不知该摆出什么表情。

小萝莉却十分认真，坚定地重复："我要嫁给你。"

她才不过豆蔻年华，就已经纤白清秀，十足的美人坯子，只不过年纪太小，毫无成熟之态，站着跟温庭筠坐着差不多高。

温庭筠受不了被她含情脉脉地看着，赶紧把脸捂上了，从手指头缝里左右看看，还好周围没人。

他的声音带着绝望："幼微，我我……我是你老师啊！"

萝莉名叫鱼幼微，她似乎料到了会是这么个回答，立刻针锋相对地说："大唐律规定师生不能成婚了？"

温庭筠风中凌乱，的确没有法律规定"师生不准结婚"，因为在当时的社会风气下，不论是当老师的还是做学生的，一般性别都为男。

但鱼幼微是例外，她的父亲是长安城里的一个落魄书生，因为不得志，所以把所有的心血都倾注在了这个独生女身上，教她诵读诗文。

幼微七岁就能作诗，十岁时就在长安城的文人圈子里小有名气，被人称为"诗童"。

温庭筠当时已经是成名前辈，听说长安城出了这么个童星，出于好奇，前来拜访。

低矮阴暗的小院子里，明眸皓齿的小女孩是唯一一抹亮色。她谈吐优雅，性情聪慧，温庭筠一见面就觉得这孩子很有栽培的空间。

温庭筠这个人有些怪癖，他有考试瘾——这个下面会提到。

于是他想考考这个小姑娘。

他想起来时路上，正值柳絮飞舞，拂人面颊，于是让鱼幼微以“江边柳”三字做首诗。

鱼幼微大约也是头一次跟文坛前辈面对面，有点紧张，拿笔的手都发抖，但她手下不停，还没等温庭筠喝完一盏粗茶，一首诗已经一气呵成。

翠色连荒岸，烟姿入远楼。
影铺春水面，花落钓人头。
根老藏鱼窟，枝底系客舟。
萧萧风雨夜，惊梦复添愁。

温庭筠一看就被折服了。

神童啊！

当时鱼幼微的父亲已经去世，母亲靠给妓院洗衣服谋生，家庭完全沦入社会底层。温庭筠不忍心这棵好苗子废了，当即决定把她收为弟子，教她作诗。

这一年鱼幼微十岁。

谁知没两年，这小萝莉进步神速，心思也越来越活络了，居然敢把老师堵进空屋里，光天化日之下表白！

要是有个时间机器，温庭筠能回到过去，非得把当时的自己给一脚踹醒不可。

但木已成舟，他还是拿出耐心，捂着脸劝：“幼微啊，你才十二三岁，现在想什么谈婚论嫁，不觉得有点过了吗？”

鱼幼微笑吟道：“娉娉袅袅十三余，豆蔻梢头二月初。老师，杜牧已经在跟豆蔻年华的歌女卿卿我我依依惜别了，您最好别那么老古板，没人会说你闲话的。”

温庭筠一口老血堵在胸口，心里把杜牧祖宗十八代都骂了。

自己萝莉控也就算了，还写诗昭告天下。

他清清嗓子，说出了残忍的事实：“我比你大三十岁，比令尊还年长，儿子都比你大……”

鱼幼微轻描淡写一摇头，笑吟吟追问：“老师觉得我是在乎年龄名分的人吗？”

温庭筠哑口无言。

在男尊女卑的大背景下，老夫少妻什么的完全不算罕见，就在不久之后的宋朝，苏轼还写诗恭贺八十岁的老友娶十八岁小妾，“一树梨花压海棠”。

温庭筠也知道年龄没什么说服力，绝望地拿下双手，露出一张脸，问她：“知道别人给我起了什么外号吗？”

温庭筠是花间词派的鼻祖，笔下的作品绮丽秾艳。一看他的名字，大概也是个翩翩佳公子的形象。但实际上，他的外貌跟他的文字和名字完全成反比。

《旧唐书》里记载，他不仅丑，而且不修边幅，别人给他起了个外号叫“温钟馗”。

温庭筠具体长得有多对不起观众我们不知道，但《北梦琐言》里有个段子，说温庭筠的孙子曾经想到某州牧门下做个门客，结果当面被拒绝，理由是他长得太“为难”了，连衙门里的狗都见了就跑。

可见这基因有多强大。

温庭筠因为相貌原因，其实也时常自卑，进而养成了张扬自傲的性格，一生坎坷，纵情放浪，混迹花间，不检行迹，不为世俗所重。

他倒也参加过科举，每次都运笔如飞，比别人提前好多交卷，然后他看着别的考生抓耳挠腮咬笔杆，不知出于什么心理，鬼使神差地做了一件事。

大概是满身才气无处倾泻，他开始悄悄指点别人答卷。

有时候是传小抄，有时候是趁人不注意口述，有时候干脆拿笔替人家写两段，而且从来没让考官抓到过现行。

不过考试之后，他得意忘形，忍不住吹嘘。考官一听，这还了得，立马把他成绩作废。

但温庭筠吃一堑不长一智，渐渐在科举考场上臭名昭著，在考生中的名气反而节节攀升，赢得了“救数人”的绰号，成了救苦救难的菩萨。

考官们都知道有这么个作弊狂人，都挖空心思防着他。

就在遇见鱼幼微的同一年，他再一次参加科考。

这一次主考官沈询专门给他安排了小单间，自己坐在他面前，目不转睛地盯着他答卷。

温庭筠很快就交卷走人了。

沈询长出一口气，得意扬扬，觉得终于把这个疯子给制住了。

谁知考试过后，考生们交头接耳，温庭筠在这场考试里又帮了八个人答卷!

怎么做到的?难道他会灵魂出窍，难道他练成了江湖上失传已久的“传音入密”大法?

实际如何大家不得而知，阴谋论满天飞，这件事也因此成了悬案，白纸黑字记在《旧唐书》里，以后每次科举的时候都要被拿出来当反面教材。

由此可见，温庭筠自己本身也不是什么正人君子，出人意表的事没少做。

问题教师带出来的自然是问题少女。

鱼幼微面对他甩过来的一根根道德大棒，完全感不到任何杀伤力，她楚楚可怜地跪在他面前，语气坚定：“可是，我喜欢你啊。”

温庭筠的道德底线虽然比较低，但祸害小萝莉的事，他还是坚决不做的。

他因为扰乱考场秩序，名声极差，一直没能做什么像样的差事。正巧这时候有个机会，有人请他去出任襄阳刺史的幕僚，温庭筠没犹豫，立马打包行李，离开长安，不再给小萝莉任何幻想。

临走时，面对前来送行，哭得眼泪汪汪的鱼幼微，他只是叹口气，嘱咐：“早点嫁人，老师给你介绍几个青年才俊。”

鱼幼微指天发誓：“我非你不嫁！”

温庭筠转身离开，假装没听见。

温庭筠在襄阳还没安顿好，马上就收到了鱼幼微的信，里面只一首诗《遥寄飞卿》：

阶砌乱蛩鸣，庭柯烟雾清。
月中邻乐响，楼上远日明。
枕簟凉风著，瑶琴寄恨生。
稽君懒书礼，底物慰秋情？

他读完诗，小心折好，放入书箱最底下，没有回一个字。

鱼幼微在长安，翘首盼不来回信，只有苦笑。

问题少女的问题婚姻

两年过去了，萝莉长成少女，心事一成不变，性格依旧奔放。

直到忽有一日，她照常回家，发现家门口停着马车，堆着行李。两年未见的温庭筠含笑站在她面前。

鱼幼微来不及震惊狂喜，随即发现，温庭筠身边，还立着另一个人。

那是一个玉树临风的少年郎，衣衫昂贵，面白唇红，满脸书卷气。

鱼幼微第一反应是老温他儿子，但随后觉得不对，他儿子绝不可能长这么帅。

温庭筠笑吟吟地介绍："这是今年的新科状元李亿，家财万贯，前途无量。他……嗯，看到你在崇贞观墙壁上的题诗，十分倾慕。李公子与我是故交，来我家拜访的时候，恰好无意间提起你，我觉得……嗯，可以……介绍你俩认识认识……"

老温越说越吞吞吐吐，慢慢低头。

鱼幼微何等聪慧，没听完第二句话，就全明白了。

少女身材初长，清纯与妩媚并存，白腻的肌肤发着微光。

李亿带着明显爱慕的眼神看着她，语无伦次地说了句开场白："呃，久闻才女大名，今日一见，如同……如同……"

鱼幼微眸子冷淡，嘴角抿起一个礼貌的微笑："全凭老师做主。"

李亿没想到这么顺利，才女们不都喜欢搞点欲擒故纵，刁难男人吗？他还特意准备了好几首得意诗词，打算当场显摆呢。

眼看鱼幼微爽快答应，他完全不相信，赶紧补充：“只是……只是小生在家乡已有正妻，但……但她人很好……”

鱼幼微：“不介意。”

她出身底层，原本就没奢望过被这些达官贵人明媒正娶。

温庭筠有妻有子，她是知道的。这个明显是富二代出身的李公子，她更是不在意他家里有几个老婆。

温庭筠纵然心怀鬼才，但对少女心事还是缺乏研究。

他一看鱼幼微跟李亿“一见钟情”，乐得心花怒放，心理包袱顿时放下了，笑呵呵地说：“到时我去给你们主持婚礼！”

鱼幼微于是嫁给李亿做妾，才子佳人，俊才靓女，十分般配。李亿对她极尽宠爱。

重点是，他颜值高，跟老温完全不是一个次元的人。

他毫不吝惜地表达自己对她的喜爱之情，这更是她从温庭筠那里完全没得到过的。

少女心思跳脱，渐渐地，鱼幼微也体会到了另一种不同的爱情。

婚后不久，李亿回乡，鱼幼微也写了《江陵愁望寄子安》，以表相思：

枫叶千枝复万枝，江桥掩映暮帆迟。
忆君心似西江水，日夜东流无歇时。

可惜好景不长。等过了年，李亿的原配跟着他杀回了长安。

原配裴氏出身名门，心高气傲，听说李亿娶了个年轻貌美又有才的小妾，第二天就开始策划宅斗方案了。

李亿则犯了所有自大男人的通病：他觉得妻妾争宠，自己很有成就感，再加上原配家族势力大，他不敢惹，于是只是象征性地劝了两句“不要吃醋”，就十分心大地把原配带来长安，安排妻妾相见，等着坐享齐人之福。

谁知刚进家门，面对前来迎接的鱼幼微，裴氏不由分说，命令随身侍女：“给我打死这个小狐狸！”

……

原配教训小三，放在现在，也是让人拍手称快，路人都不会管的。

鱼幼微莫名其妙挨顿打，哭着问李亿：“你不是说你的夫人很大度吗？”

李亿只能说软话：“我去劝劝她，你明天去给她赔个礼？”

鱼幼微虽然有才情，却并不倨傲。她还是很想过好自己的小日子的，忍气吞声同意了。

第二天，她按照李亿的吩咐，做小伏低去给裴氏奉茶，刚进门，裴氏眉毛一竖，命令侍女：“给我打！”

……

第三天，鱼幼微躺在床上养伤。忽然大门被踹开，裴氏带着一群侍女闯进来：“给我打！”

……

李亿完全没法做人，家里鸡飞狗跳，原配不敢得罪，只能再去哄小妾。

一进门，只见鱼幼微拖着病体下了床，正在打包行李。

李亿赶紧把她拦住：“宝贝，你要去哪？”

鱼幼微像看傻子似的看他：“怎么，你想等我被打死啊？”

李亿左右为难，张张嘴，没什么说服力地劝道：“可是……可我喜欢你啊，别离开我……”

鱼幼微最终还是离开了李亿家。

李亿把她送进一所道观，捐了点香油钱，让她暂时避避风头：“三年之内，一定接你出来。乖乖待在这里别走哦，宝贝。我会经常来看你的。”

鱼幼微此时已不太相信他了，敷衍地点了点头。

果然，李亿被原配管得很紧，嘴上说得好听，其实一次都没来过。

看一个男人对你的态度，不是听他的花言巧语，而是看他的行动。

女人也一样。

鱼幼微过上了被包养但没男人的生活，她也许时常思念李亿，但她终于渐渐看透了爱情的本质，提笔写下著名的《赠邻女》：

羞日遮罗袖，愁春懒起妆。
易求无价宝，难得有情郎。
枕上潜垂泪，花间暗断肠。
自能窥宋玉，何必恨王昌。

远在外地的温庭筠依然十分关心他的小弟子。他大概觉得嫁了个小帅哥，鱼幼微应该早就把他这个老头子忘了，没必要如临大敌地避她。

毕竟他心里也挂念自己的小学生，于是两人也常有书信往来，互相应和诗词。

在书信里，两人都心照不宣，互相以“友人”称呼，不过鱼幼微偶尔会情不自禁写几句暧昧的，比如：

幽栖莫定梧桐处，暮雀啾啾空绕林。（《冬夜寄温飞卿》）
雁鱼空有信，鸡黍恨无期。（《期友人阻雨不至》）
惆怅春风楚江暮，鸳鸯一只失群飞。（《送别》）
今日思归客，愁容在镜悬。（《渚宫晚春寄秦地友人》）

当然，这时候的鱼幼微已经不是当年那个爱情至上一根筋的蠢萝莉了，她只管自己表白，已经不期待什么结果。

而老温的回复一般比较大气：

时物信佳节，岁华非故园。
固知春草色，何意为王孙。（《寄山中友人》）
事随云去身难到，梦逐烟销水自流。（《西江寄友人骞生》）

大概是告诉鱼幼微往事就随风而去吧。

每首诗都十分正人君子，就算是李亿读了也不会吃醋，况且李亿也读不到这些诗。他把鱼幼微晾在道观里，昔日的激情早就淡了。

过了两年，鱼幼微请人打听，得知他已经携家眷去扬州上任了，连个信也没给她。

休书也没有。

这是让她像王宝钏似的苦守寒窗十八年，等着花心丈夫归来重逢？

鱼幼微彻底醒悟了。

她苦笑："老师，你觉得这是我最好的归宿？"

倘若是个从小研习女德的大家闺秀，也许会自然而然地接受等待的命运，在等待中耗尽一生，成就文人墨客的一声叹息。

但鱼幼微才不是什么良家女子。

她是问题老师带出来的问题少女，把温庭筠平生那些荒谬学了个百分之百。

她决定不管什么李亿了，当年老温对她"嫁个好男人"的嘱托，她也不打算再遵守了。

平生头一次，她打算做自己。

她自行出家，当了女道士，改名鱼玄机。

要名声还是要自由

鱼玄机并不是看破红尘斩断情丝，古时候的"女道士"，很多时候并不是什么世外高人。

当时的道观里鱼龙混杂，经常有社会人士出入。

从唐传奇到三言二拍到聊斋小说，我们都能读到不少书生深夜借宿道观/尼姑庵的情节。

在鱼玄机前一百年，有一位和她齐名的唐代女诗人李冶，也是从小风流奔放，后来出家做了女道士，大大方方地跟社会名流来往：

有写了《茶经》的陆羽，有写了《诗式》的高僧皎然，还有写"风雪夜归人"的诗人刘长卿……

她居然还万分坦率地把自己跟男人的感情写在诗词里，比如《寄朱放》《送阎二十六赴剡县》，指名道姓地招认自己当时的交往对象。

这在当前和以后的文坛上都是十分罕见的。

鱼玄机在道观生活的这几年，大概也听说过不少李冶前辈的风流轶事。

也许不少人曾经找上门来，向她表达爱慕之情，渴望得到她的青睐，幻想像李亿一样，把她娶进门去装点闺房，金屋藏娇。不过大家都不太敢这么做。

毕竟鱼玄机名分上还是李亿的小妾……

鱼玄机此时已经对“找个男人当归宿”的神话免疫了。

她不打算再当什么好女孩。

她在道观门口直接贴出告示：“鱼玄机诗文候教。”

正如武侠小说里的“敬请赐教”，一般不会真的是规规矩矩地和平教学，而是会伴随着各种激烈的动作戏。

在这里，女道士贴出的“诗文候教”，也有着更加微妙的深层含义。

翻译成现代汉语，就两个字：约吗?

温老师都能纵情声色，流连花丛，她为什么不可以?

张爱玲有句名言：生活是一袭华美的袍，爬满了虱子。

当时代的钟敲在晚唐时代，这袭华服早就发霉变质了。人们在浮躁的云中漫步，对一切堕落的浮华趋之若鹜。

很快，鱼玄机的道观门庭若市，文人雅士和风流才子争相拜访，怀揣各种各样的心思。

但鱼玄机也很挑剔。

她不是怡红院头牌，是她选择客人，而不是客人选择她。

有人是抱着不约白不约的心态来的，进门刚说两句，暴露了一点点粗俗无知，就被客气地请了出去。

有人腹中有真才实学，鱼玄机与他品茶论道，夜里直接留宿，不收房钱。

她跟人出去游山玩水，她跟人诗文应和，她寂寞了就叫人来陪，她心情不好了，就把客人通通赶出去。

男人们觉得是他们占了便宜，但在鱼玄机看来，人生苦短，及时行乐，她才是占便宜的那个。

李亿远在外地，不久也听说了长安城新宠女道士鱼玄机。

他回头看看一脸杀气的原配，长出口气，笑道："我巴不得跟她撇清关系呢，出家正好，出家正好，她跟别人谈恋爱更好。"

而温庭筠继续各种大闹考场，天南海北考生都在谈论风流女道士鱼玄机。他愣了半天，唉声叹气。

就知道这孩子不学好！有如此才情，嫁谁不成，非得自甘堕落！

不过话说回来，以鱼玄机的家庭出身，若无贵人提携，有很大的可能性最终会沦落烟花。

有温庭筠教导几年，起码她文采出众，声名远扬，凭着这些，可以选择自己的客人。

风流潇洒、无拘无束的生活持续了好几年。鱼玄机二十三岁那年秋天，李亿回来长安，她浓妆含笑，前去相迎，并作《迎李近仁员外》。

十六岁时的她给李亿写诗，题目是《江陵愁望寄子安》。

现在直接叫李员外了，可见疏离。

她跟李亿礼貌相见完毕，拒绝了他共进晚餐的邀请，转身回到道观，去接待粉丝，继续自己的肆意生活。

但她跟温庭筠的关系一直没变，还是很默契的互称"友人”，依然互相传递诗文。

不过此时的温庭筠，已经渐渐步入晚年，而且境遇每况愈下。

咸通六年，在混了几乎一辈子之后，他终于得以出任国子监助教。昔日的作弊大王终于洗白白，从考生变成了考官。

然而他没珍惜这次机会。

他居然宣布要来一次考场改革，把考试卷子全都公之于众，让路人投票评选名次，表明公正无私。（你确定考场上没人帮忙作弊吗？）

这是请群众监督，以杜绝因人取士的不正之风，路人纷纷鼓掌，很积极地参与评选。

当然，此举极大地激怒了既得利益集团权贵，属于闷声作大死的行为。

温庭筠又被踹出长安官场，被贬到方城当县尉。

路途艰险，心境抑郁，一代才子，进而困顿失意而死，空留满纸花间词。

自由也是有代价的

几乎是在温庭筠作死的同时，问题少女鱼玄机也闷声作了个大死——她杀了自己的一个婢女。

官方说法是这样的：鱼玄机成名以后，收留了一些无家可归的底层少女作为自己的婢女。

其中有一个叫绿翘的，据说是因为长得漂亮，鱼玄机怀疑她跟自己的一个情人有染，于是严加逼问审讯。

绿翘大义凛然地批评女主人如何荒淫放荡，自己如何清清白白，无论如何也不会自甘下贱。

鱼玄机恼羞成怒，狠狠把她打了一顿，竟而死了。

鱼玄机赶紧把婢女埋了起来，可惜反侦察能力不足，还是被发现了，当即被捕入狱，京兆府审讯过后，判了个斩立决。

不是不报，时候未到，这似乎是个很正常的刑事案件。

但因为当事人是誉满京城的风流女道士，这个案子又增添了三分桃色风采，谣言四起，群众疯狂吃瓜。

很快，大家分析出了许多猫腻。

首先，鱼玄机当时也不过二十多岁，绿翘很可能只是个十来岁的少女。她自幼跟鱼玄机相处，近朱者赤近墨者黑，她从哪儿学的一肚子女德，又怎么可能像老夫子一样，作出一整篇道德文章，宁可搭上自己的性命，也要指责女主人的作风问题?

绿翘反正已经死了，死无对证，这段话更像是后来法庭上男人们写出来的判词。

其次，大唐时代虽然开放且先进，但毕竟还是封建王朝，法律和人权观念都有很强的局限性。

按《唐律》，奴婢的地位“并同畜产”，也就是跟财产一样。如果主人未经官府判决而杀了奴婢，刑罚是“杖一百”。如果奴婢无罪而被杀，主人的刑罚是“徒一年”——有期徒刑一年。

虽然在现代人眼里很落后，但这就是当时的现实。

鱼玄机的婢女绿翘，不管她有罪还是没罪，如果真是被女主人失手杀了，鱼玄机最多也就坐一年牢。

更何况，她交游广博，裙下之臣排队，定然会有不少人给她求情。最后很可能就像李清照一样，象征性地拘留几天完事。

事实上，在她犯事以后，确实有很多达官贵人给她求情，可是经办的法官这次却特别铁面无私，谁的面子也不买，一定要把这个声名狼藉的问题少女给弄死不可。

马上有人扒出来，审判她的京兆府温璋，曾经多次上门拜访鱼玄机，欲求一亲芳泽。但也许是因为人丑，也许是因为绣花枕头，从来没得到过才女的垂青，以至于因爱生恨。

而且他本是个出了名的酷吏，曾经有过不少匪夷所思的判决，比如《太平广记》记载，他曾经把一个偷鸟贼判死刑。

他也许私下里去牢房探访过鱼玄机，得意扬扬地冲她耀武扬威："后悔了吧？叫你不把本官放在眼里……"

即便是粗服布衣，满面憔悴，身处污秽陋室，也不掩她的明艳动人。

只是美人不抬头。鱼玄机正眼也没看他。

她只是盯着眼前一张破旧的信纸，上面的字看不清楚，大概能看清写着个"温"字。

温璋心中暗喜，以为是她的求饶信，看来再骄傲的女人，也有自降身段的一天啊。

他咳嗽一声，低声暗示："话说，如果你回心转意，本官也许会放你一线生机……"

鱼玄机："哦。"

她旁若无人地把信纸捧起来，认认真真地读着，眼圈微红。

这下温璋看清了，那上面写的不是他的名字，而是温庭筠的讣告。

美人从容走上刑场，香消玉殒。

有个执意置她于死地的酷吏，谁求情都不管用。

这一年，她二十六岁。

她活着时是话题少女，死了之后，依然被舆论疯狂消费。

从唐代到现代，八卦小报对她的描述源源不断，主题多半是“古代豪放女”，或是“女诗人的桃色人生”。

还有人把她和李冶、薛涛、刘采春并称“唐代四大女诗人”。

他们发现这四个才女作风都十分开放，不是跟才子们传绯闻，就是抛头露面唱词唱戏，进而他们得出结论：女子无才便是德，女人有文化了，果然不好管束。

这些都跟鱼玄机没关系了。

设想一下，当她步入阴司，和自己的老师兼初恋重逢。温庭筠或许会唉声叹气，批评她：“你怎么就没一天规矩呢！”

鱼玄机微微一笑，回敬：“我只是在学你啊，老师。”

“我只不过是做了那些风流才子们常做的事情而已呢。”

人物小档案

鱼玄机，晚唐女诗人，初名鱼幼微，字蕙兰。

鱼玄机是李亿的小妾，因为不被正妻接纳随后出家，被京兆尹温璋以打死婢女之罪名处死。她和温庭筠是忘年之交，两人在诗词之间多有唱和。

虽然提起鱼玄机，每个人都会知道她的名号，但是她的生平在正史和野志上都难以寻到。我们对她的了解，基本都来自她留下的那些作品。

第 四 章

谁说才藻非女子事？

——第一才女李清照的桀骜一生

文青们的黄金时代

北宋时代，中国的经济文化空前发达。

先是跟北边辽国的萧太后签订了和平条约，保障了国家百年无战事。然后又出了个搞艺术比搞政治在行的宋徽宗，天天带领举国文青们练字作画嗨翻天。

在这种气氛下，北宋文坛群星辈出。店铺里的账房先生提笔都能写两句词，铜钱上的“崇宁通宝”几个字儿都是瘦金体，街上扔块砖都能砸死三四个文坛巨子。

比如苏轼苏东坡，著名朝廷官员、书画家、西湖地标设计师，虽然是当时公认的文学领袖，但随笔札记上基本都是旅游和美食。其中美食居多。

比如：春天到了！鸭子能吃了！河豚也能吃了！蒌蒿和芦芽焯水凉拌一下也很好吃呀！

竹外桃花三两枝，春江水暖鸭先知。蒌蒿满地芦芽短，正是河豚欲上时。

比如：哎呀妈呀，广东没白来！芦橘杨梅天天都有新鲜的，荔枝也特便宜。有人来拼吃荔枝吗？300颗起吃！

罗浮山下四时春，卢橘杨梅次第新。日啖荔枝三百颗，不辞长作岭南人。

比如：只有我一个人觉得奇怪吗？黄州的猪肉便宜得不正常了吧？有钱人都不吃，穷人也不会吃……管他呢，我先来他两碗，生活真美好！附东坡肉食谱。

黄州好猪肉，价贱如泥土，贵者不肯吃，贫者不解煮。早晨起来打两碗，饱得自家君莫管。

再比如欧阳修，原本是国家高官，内心却是个不甘沉寂的“段子手”，每天妙语频出怼怼人，批判批判文坛的腐朽风气，大力倡导诗文革新，顺带写点鸡汤，粉丝也攒了不少。后来不小心陷入一桩捕风捉影的桃色八卦，绯闻传遍整个汴京，乌纱帽差点不保。

从此以后他收敛不少，每天就写点诗词游记，比如后来成为大宋元宵晚会必唱曲目的《生查子·元夕》：

去年元夜时，花市灯如昼。月上柳梢头，人约黄昏后。今年元夜时，月与灯依旧。不见去年人，泪满春衫袖。

欧阳修人脉广阔，学生众多，也都是各个领域的领头羊。他每发点东西，各界人士都积极转发吹捧，粉丝数量以千万计。

再比如柳永，一个浪迹天涯的多情词人，只因仁宗一句“且去填词”的傲娇批语，心灰意冷，流浪江湖，写了不少脍炙人口的情歌。其中“衣带渐宽终不悔，为伊消得人憔悴”荣登年度好词金句榜No.1。

柳永的粉丝绝大多数是女粉，柳永浪迹到哪儿，都有粉丝围追堵截送礼物。他每出一首新歌，一个月以内，全大宋的茶馆酒馆都飘着同一个调子。

哦，还有周邦彦，这是个定位有误的奇人。虽然他文采也不错，还是汴京音乐学院教授，编写了不少词律教材，但在文豪遍地走的北宋，也不算凤毛麟角。

众所周知，周邦彦一直在和女明星李师师传绯闻。李师师流传坊间的精美画像被人放大分析，多半都能发现是出自周邦彦之手。

但李师师人红貌美，宾客如市，同时又跟当朝皇帝宋徽宗保持着良好的关系，这已经是公开的秘密，每隔几天就要被八卦小报拿出来遛一遛。

这天某小报又刊登了一条皇室八卦，标题用斗大的宋体字写着《徽宗夜宿李师师香闺，红颜知己纤手破新橙》，配图是一张摆了橙子的小桌子，后面是暧昧的半张床。

原本是个很寻常的八卦谈资，大家阅后啧啧一下也就算了。可偏偏有好事者把这张配图单独拿出来，放在正午阳光下细瞧，赫然发现床底下居然还躲着一个人！

鬼片？

把这个人影放大一看，吃瓜群众沸腾了：这不是周邦彦吗！

敢情他正跟李师师卿卿我我，忽然皇帝造访，他不得不赶紧躲在床底下。

宋徽宗大怒，下令该小报全线停刊，只可惜消息早已不胫而走。

周邦彦粉丝暴涨，但都是冲着八卦来的。他被贬出京城的那一天，各路粉丝自发前来十里相送。

在这文学巨子的世界里，也有一个小小的、内定的潜规则。

文学殿堂的准入门槛很高，一般需要扎实的学历和文学水平，没在金榜上秀过签名的就自觉退出吧。

所以这些巨子们清一色都是男性——北宋时代的官私学校不收女生，各大考场也不让女生进。

因此当文学界的一枚新星崭露头角，凭借一首婉约词吸了百万粉丝，人们翻开此人的档案，赫然发现性别为“女”的时候，可以想象吃瓜群众的震惊。

“朋克”少女的崛起

李清照生于一个爱好文艺的士大夫家庭，爹是老干部，娘是宦门女。她虽然没正式上过学，但读的书比许多参加科举的男生都多好几倍，从小聪慧机敏，才思广博。

等她长到可以涉足文坛的年纪时，老爸给她买了本《大宋文豪作品全集》。她兴致勃勃地翻开，满怀期待地浏览各路文豪们的词作。

看不一会儿她就发现：这写的都是什么玩意！还不如我昨天洗澡时随便想的一首好呢！

她有点心痒痒，于是也联系了下当地书局，把昨天的那首洗澡词刊发出去了，想让几个跟父亲比较熟的文豪叔叔给过过目，后来又觉得算了，何必麻烦人家。

这首词是这么写的：

昨夜雨疏风骤，浓睡不消残酒。试问卷帘人，却道海棠依旧。知否，知否？应是绿肥红瘦。（《如梦令》）

其实她那时候还是个在家的乖乖女，虽然家风开放，父母也允许她喝酒，但哪有机会喝到宿醉。

她随手一发，就洗澡睡觉去了。

没过几天，书局的负责人就堵在她家门口，口口声声地说："出大事了！"

原来她的词作一经刊登，销量过万。整个京师的文学圈都轰动了。"当时文士莫不击节称赏，未有能道之者"。

各路文青吃瓜群众，众口一词击节赞叹，可见影响力。

无数疯狂粉丝发表了应和点评：

——作者真是女的？看不出来啊！

——我猜是柳永的徒弟！

——跟流行风格不太一样，但又意外地让人陶醉！

——读了这首词，老子把过去自己写的烂词都烧了。跟我一样的举手！

——我认识这姑娘！她爹是我家老爷的上级的同事！真人不露相啊！

——哇，白富美……

还有人不吝笔墨地撰写分析文章读后感，还有人开通了"李清照粉丝后援会”。

十几岁的小李姑娘对此有点接受不能。她迷惘地在朝报头版发表了自己的答复：谢谢大家厚爱。但这首词真的那么好吗？我书房里还有几百首，都是以前的练笔……

李清照声名鹊起，成为文坛名流。

上面说了，她的家风十分开明，父母对此完全没意见，只是让她别沉迷创作，注意保护眼睛。

作为深闺淑女，李清照也并不张狂，也不经营人设，只是偶尔发两首练笔之作，大多数是十分具有清新少女心的婉约词，但也有一些犀利的时政评论。

比如《浯溪中兴颂诗和张文潜二首》，这是她读史书的感想，笔势纵横，奇气横溢，评议兴废，喻义深刻，被各大时政名家传阅，感叹“后生可畏”，一时轰动全国。

她的粉丝迅速积累到百万。然而就在她疯狂涨粉的时候，大家却发现，她的词风变了。

比如最新发布的一首：

蹴罢秋千，起来慵整纤纤手。露浓花瘦，薄汗轻衣透。见有人来，袜刬金钗溜。和羞走，倚门回首，却把青梅嗅。（《点绛唇》）

不用什么文学分析，吃瓜群众迅速嗅出了词中的暧昧气息。

小姑娘天真快活，在自家花园荡秋千的时候，忽然闯进来一个陌生男人！

谁这么无礼？她不但没报警，还含羞逃走，回眸观望！

整首词惟妙惟肖，栩栩如生，可不像是洗澡时随便想出来的！

——我赌一两银子，小李姑娘恋爱了！

——我作证！昨天她家开家庭宴会，许多客人都把自家小孩带来了！好多小帅哥！

——啧啧，难道有男孩子“不小心”闯进内院了？啧啧啧。

当然也有不和谐声音，学究腐儒们集体批判：小姑娘不在家里织布绣花，公然宣扬怀春恋爱，成何体统！女权横行，伦常不保，大宋恐是最大输家！全国推行女德课程刻不容缓！

但当时理学界的泰斗朱熹还没有上线，“饿死事小，失节事大”也还没有成为基本国策。这些批评的声音也不占大多数。粉丝们装没看见，依旧兴高采烈地讨论着才女的恋爱八卦。

虐狗！赤裸裸的虐狗！

李清照果然是恋爱了。对象是大她三岁的太学生赵明诚。这小伙子也是一个文青。别人都读书科举争当朝廷一分子，他却早早地确立了自己的人生理想：当一名优秀的考古学家。

也就是收集研究“金石”——上古的青铜器、石鼓文之类，算是个十分冷门的专业。

赵家家庭条件小康，倒能支持他追求理想，但大富大贵就不要想了。

小李姑娘看不上庸俗的名利男，一见了小赵，就知道是灵魂伴侣。

俩人的爹同朝为官，都十分赞同这桩亲事，于是李清照十八岁时宣布结婚，粉丝心碎一地。

爱情给人灵感。新婚第二天，李清照的新作就传遍文坛。

晚来一阵风兼雨，洗尽炎光。理罢笙簧，却对菱花淡淡妆。

绛绡缕薄冰肌莹，雪腻酥香。笑语檀郎，今夜纱厨枕簟凉。（《采桑子》）

众人纷纷哀号：这是虐狗！赤裸裸的虐狗！

想想看，清凉的夏日傍晚，浪漫一曲结束，小娘子对镜梳妆，穿着半透明内衣，肌肤隐约可见。她笑着对心上人说，今晚的枕席很凉快哦。

多么富于诗意的小段子。通篇没有违禁词，但四舍五入一下就是少儿不宜了……

没多久这首词就被禁了，老夫子们痛心疾首地批判：妇道呢？

李清照没回应。赵明诚在心里悄悄给爱妻点了个赞。

古代婚姻不自由，一个情投意合、心灵契合的伴侣可遇而不可求。同时期的另一个才女朱淑真，她被包办婚姻嫁给了一个平庸油腻的官府小吏，两人完全没有共同语言。朱淑真每每把自己写的得意之作给丈夫看，丈夫却总是斥责她：“又浪费时间。今天晚饭做好了没有？”

可想而知，朱淑真的主页上经常愁云笼罩，发表一些负能量的诗词，比如：

鸥鹭鸳鸯作一池，须知羽翼不相依。东君不与花为主，何以休生连理枝？

朱淑真常年抑郁，身体大约也不是太好，偶尔也有出轨的负面新闻缠身，四十多岁就香消玉殒——都是包办婚姻惹的祸。

赵明诚是太学生，平时寄宿学校，只有初一十五才能放假回家。小两口虽然同城，但基本上过着异地的日子。

每到假期，别的情侣都去浪漫春游，或者在家里饮酒小酌，或者去酒楼听戏听曲。而他俩的假日生活十分特别：逛街。

不是逛普通的街，而是逛大相国寺里的万姓交易市场。当时的寺院兼有公共职能，定期开放集市，里面的货物种类繁多，应有尽有。

相国寺每月五次开放，万姓交易。大三门上皆是飞禽猫犬之类，珍禽奇兽，无所不有。第二、三门皆动用什物。庭中设彩幕、露屋义铺，卖蒲合簟席、屏帏洗漱、鞍辔弓剑、时果脯腊之类。近佛殿，孟家道冠、王道人蜜煎、赵文秀笔及潘谷墨占定。两廊，皆诸寺师姑卖绣作、领抹、花朵、珠翠、头面、生色销金花样、幞头、帽子、特髻、冠子、绦线之类。殿后资圣门前，皆书籍、玩好、图画及诸路罢任官员土物、香药之类。后廊皆日者、货术、传神之类。寺三门阁上并资圣门，各有金铜铸罗汉五百尊、佛牙等。凡有斋供，皆取旨方开。三门左右有两瓶琉璃塔，寺内有智海、惠林、宝梵、河沙、东西塔院，乃出角院舍，各有住持僧官。每遇斋会，凡饮食茶果，动使器皿，虽三五百分，莫不咄嗟而辨。大殿两廊，皆国朝名公笔迹，左壁画炽盛光佛降九曜鬼百戏，右壁佛降鬼子母揭盂。殿庭供献乐部马队之类。大殿朵廊，皆壁隐楼殿人物，莫非精妙。（《东京梦华录》）

如果逛街的人运气足够好，还可以在大相国寺内看到一个高大威猛、文身金链、提着铁禅杖的莽和尚，粗声粗气地问你：“洒家在寻林教头，你们可曾看见他？”

那是鲁智深。在上梁山之前，他曾在东京大相国寺出家，在菜园子里倒拔垂杨柳。

不过李清照和赵明诚两口子没注意到鲁智深。他们进了市场，通常是直奔古玩摊子，选购金石碑文，然后扛回家细细研究品读，小确幸乐在其中。

她不止一次地发文感叹：

“经费有限，买酒还是买古玩，好难抉择啊！”

“又去大相国寺买买买，月底以前又要吃土了，但是好开心啊！”

“出衣回血，真丝褙子中码三件，九成新，二十贯钱购入，现十五贯打包急出，可小刀。”

吃瓜群众看着都替他们心疼。

我不是针对谁，但在座的各位……

在文豪遍地走的北宋文坛，男才子的私生活尚且是喜闻乐见的谈资，何况一个百年不遇的美女作家。

但群众始终没有得到劲爆的八卦。李清照始终没有怀孕的迹象，也不知是谁的问题。

群众替她瞎操心：不孝有三无后为大。

有人猜测小两口肯定有感情危机了。

——大家猜猜小赵明年会不会娶小妾？

——他们的钱都买买买了，哪有钱纳妾……

朋克才女对此的反击是一首又一首表明夫妻恩爱的小调。

红藕香残玉簟秋。轻解罗裳，独上兰舟。云中谁寄锦书来？雁字回时，月满西楼。

花自飘零水自流。一种相思，两处闲愁。此情无计可消除，才

下眉头，却上心头。（《一剪梅》）

这是分别相思，缠绵彻骨。

再比如：

卖花担上，买得一枝春欲放。泪染轻匀，犹带彤霞晓露痕。

怕郎猜道，奴面不如花面好。云鬓斜簪，徒要教郎比并看。（《减字木兰花》）

这是两人小别重逢，打情骂俏。宅在家里的单身狗绝对写不出如此活灵活现的细节。

李清照还特别喜欢喝酒，诗词里经常出现自己烂醉如泥的描述。以至于许多粉丝自发统计：清照一年平均醉多少次酒?

当然，这些嚣张的做派，更是引起了一轮轮卫道士的口诛笔伐。李清照表示，姐姐我是白富美，发表几首诗词，家里人都没意见，轮不到别人乱吠。

以现在的观点看来，她也不过是个有点性格的美女作家而已。但放在一千年前的社会，已经算是非常离经叛道了。

拿一个同时期的女性对比一下就知道了。翻开头版头条，知名文坛扛把子陆游最近刚刚离婚。他娶的本来是青梅竹马的表妹唐琬。唐琬跟李清照一样，也是个小有名气的美女加才女，笔下的诗词很有灵气。

只是陆游有个不讲理的妈，看着儿子整天跟小媳妇卿卿我我吟诗作赋，觉得这小狐狸精太耽误儿子前程了。

于是三天两头找碴，今天说唐琬对婆婆不敬，明天嫌她太有文化不守妇道，后天又数落她生不出孩子。

陆游也不敢抗争，只是偷偷买了个小别墅，像安置小三似的把老婆送进去，隔两天偷偷摸摸去幽会。

本以为眼不见心为净，谁知老妈不依不饶，最后干脆摊牌，跟陆游说，要媳妇就没老娘，你明天就跟她离婚去！娘给你相中了另一个温顺本分的姑娘，算命的说她特别旺夫。

“孝道”这根大棒，在当时完全能砸死人。陆游不敢违抗母命，只能哭哭啼啼地离婚，把唐琬扫地出门，然后娶了老妈相中的那个贤惠媳妇王氏。

王氏果然旺夫，四年生了仨儿子。老陆婆婆天天逗孙子，乐得合不拢嘴。

但陆游心里憋屈，有事没事就写点怀念前妻的段子。后来他外出时巧遇唐琬。她早已再婚，新丈夫也是个青年才俊，还是个远房皇亲——出身好气质佳的大才女，就算是二婚也有人抢着要。

看着前妻和别的男人携手游园。陆游心里往事哗哗翻页，灵感迸发，抬手发了一首小词。这就是著名的《钗头凤》：

红酥手，黄縢酒，满城春色宫墙柳。东风恶，欢情薄，一怀愁绪，几年离索，错，错，错。

春如旧，人空瘦。泪痕红浥鲛绡透。桃花落，闲池阁，山盟虽在，锦书难托，莫，莫，莫。

并且在唐琬死后的几十年里，陆游经常故地重游，“每入城，必登寺眺望，不能胜情”，发点段子怀念她。

众人读罢，纷纷发表感想：陆游大大是个多么难得痴情人啊！太爱也是一种罪啊！

你问他的新媳妇王氏？她大概没啥文化，不懂看报，不知道这些事。

而唐琬的新丈夫赵士诚，瞬间被所有八卦舆论包围，不得不闭门谢“客”。

所以说，在礼教的压迫之下，大多数女人都只能规规矩矩地做贤妻良母。就算你是当世才女，嫁了人生不出孩子，被休才是正常的下场。

但李清照的家庭显然是一个特例。小两口舒舒服服过着二人世界，没有重复陆游和唐琬的命运。

闲暇时，她甚至还写了一首《词论》，把各文坛巨子黑了个遍，说苏东坡虽然学识渊博，但写词音律不通；王安石虽然文章写得好，但写的词完全不能看；柳永文笔不错，可惜格调太低；秦观写词倒是有真情实感，可惜浮夸显假……

一句话总结：我不是针对谁，但在座的各位……

偏偏她还说得一针见血，让人无法反驳。文豪们纷纷发表声明：不跟女人计较。

更有人直接承认李清照“才力华赡，逼近前辈。在士大夫中已不多得。若本朝妇人，当推文采第一”。

还有镖局营业吗？

但命运并没有一直眷顾这对金童玉女。大奸臣蔡京在朝堂上翻云覆雨，婚后不久，李家就卷入政治斗争，李清照被迫返回原籍。这事刚完没几年，赵家又被拉下马，这下小两口只能一同搬离东京。

好在赵家家底不错，在乡下有块宅基地，盖了小别墅，两人生活没什么困难。

在这段日子里，李清照依旧持续产出高品质诗词，积累的粉丝只多不少。而赵明诚，可能是因为乡下没啥事干，也完成了考古学专著《金石录》。

至于两个人的古玩收藏更是日积月累，小别墅成了博物馆，各种石器铜器堆了几大间屋子。李清照和赵明诚两人没事就关起门来数收藏，比数钱还爽。

这时候李清照已经步入中年，但，离HAPPY ENDING还很远。

这一天，她游园有感，照例想挥毫写下一首小词，却蓦然发现墙上张贴着一条血淋淋的告示：

"大宋臣民注意：大金国已经占领开封，俘获大宋皇帝两名。请百姓们不要慌张，不要做无谓的抵抗，让我们共同建设一个新的繁荣乐土。"

……

这是1127年。"靖康之变"爆发，北方的金国以迅雷不及掩耳之势扩张南下。

北宋承平日久，在几十年文人政治的操控下，军事能力等同于菜鸡，很快就被金兵占了首都，把整个皇族一锅端，送到了东北劳改营。

幸免于难的官民们开始南逃，战争的阴云迅速扩散全国。李清照和赵明诚的甜蜜小日子彻底终结。

汴京城一片寂静。经历了最初几天的禁言之后，画风迅速转变。

赵佶：东北真冷，呜呜呜，那个，大家都投降吧，打不过……

众皇亲跟帖：坚决拥护大金国政府，投降是最好的出路。

众文臣跟帖：坚决拥护大金国政府，投降是最好的出路。

众武将跟帖：坚决拥护大金国政府，投降是最好的出路。

也有少数不同的声音。

赵构：跑路成功！跟大家报个平安，位置不方便透露。明天登基，大宋没完！

宗泽：坚决不投降！死守开封！有人要参加义军吗？15岁以上都收！

岳飞（跟帖）：已私信报名。

李师师：十四万人齐解甲，竟无一个是男儿。宝贝们，我先走一步，大宋万岁。

兵荒马乱中，李清照刷着一个又一个政界名流的投降声明，淡定敲下一句话：预备动身南下，需要保镖。还有镖局营业吗？

生当作人杰，死亦为鬼雄

并不是李清照怕死。而是她两口子得把家里的博物馆搬走。考古学家赵明诚倔劲上来，誓要与这些宝贝共存亡。

忍痛割爱，不重要的东西能丢就丢，最后还零零碎碎装了十几车，浩浩荡荡地加入了逃难的大军。

颠沛流离两年，赵明诚一病不起，不幸逝世。

李清照病了一场，但她没什么时间感悼伤怀。擦掉眼泪，继续护送那十几车古玩宝贝。

金兵大军几乎是追在她脚后跟。跑路过程中，珍贵的收藏一点点丢失、被盗、焚毁。最后她只剩下一点轻便书籍，期望和南宋朝廷会合，把这些东西捐给国家。

但朝廷也经常处在跑路状态中。好不容易在临安定都，以赵构为代表的南宋政府苟且偷安，投降派懦弱妥协，拒绝北进中原。大好河山眼看一去不返。皇亲们却笙歌燕舞，沉浸在江南烟雨中。

有人不敢说什么，然而李清照却不惮发表社论和批评。

还有闲心刷微博的群众发现，从那时起，李大才女不再发表那些缱绻缠绵的小情诗。她的文字，逐渐往沉重的忧国忧民style靠拢。

生当作人杰，死亦为鬼雄。至今思项羽，不肯过江东。（《夏日绝句》）

许多男人都不敢说出来的话，她却敢直抒胸臆，畅言国破家亡之恨。

偶尔写词，也是忧郁感伤的作品为多。有时她触景生情，有时她怀念故土，有时她借酒浇愁。

寻寻觅觅，冷冷清清，凄凄惨惨戚戚。乍暖还寒时候，最难将息。

三杯两盏淡酒，怎敌他、晚来风急？雁过也，正伤心，却是旧时相识。

满地黄花堆积。憔悴损，如今有谁堪摘？守着窗儿，独自怎生得黑？

梧桐更兼细雨，到黄昏、点点滴滴。这次第，怎一个愁字了得！（《声声慢》）

才女的词风虽然沉郁凝重，但依旧有许多人关注传抄。毕竟文坛凋零，人们需要精神寄托。

可有一天，才女又一次震掉了世人的眼珠子。

她发表了一则简短的声明：她又要结婚了。

“逆来顺受”这四个字怎么写？

用现在的标准看来，张汝舟就是个标准的凤凰男。

他用半辈子混成个小官，看中李大才女家底丰厚，古董繁多，打算来个空手套白狼。

李清照那时已经四十多岁，颠沛流离久了，深感乱世中单身弱女子的生存无力。她随身的那些宝贝就是狼群中的一块肉，心术不正之徒，谁都想随时叼一块走。

她才华横溢，但从小在优渥的环境中长大，婚姻美满，虽然不是傻白甜，但也算不上腹黑。

张汝舟却是花言巧语界的种子选手，估计颜值也不低。各种死缠烂打热烈追求，终于说服了孤苦无依的才女，把下半辈子（的古董）托付给他。

赵明诚的孝期早就过了。两人于是结婚。

既无父母之命，也无媒妁之言，况且居然是二婚。可想而知，李清照收获的口水跟祝福完全不成比例。

老夫子们痛心疾首地批判：世风日下啊！李氏作为公众人物，居然敢二嫁两人，自毁清白，晚节不保，又不是小姑娘了。

李清照叹了口气，假装没看见。

但张汝舟可不是冲着她的才貌来的。婚后没几天，他就开始旁敲侧击：爱妻啊，你收藏的那些文物都存在哪儿啊？

爱妻啊，听说你前夫写了一本《金石录》，还没出版？手稿能不能给我看一下？

李清照也不是傻子，很快就发现张汝舟别有所图，是个骗婚男。

她坚决不将剩下的古董文物交出来。况且，她的收藏大多已经散佚丢失，“婚前财产”少得可怜，完全不是凤凰男想象中的富婆。

什么出嫁从夫，去他个大狗腿儿。

张汝舟大失所望。这女人是他老婆，整个人都是他的，她居然敢藏私房？

他逐渐露出了市侩面目，开始家暴打老婆。

要是换成唐琬那样温婉柔顺的贤妻良母，嫁了个恶棍丈夫，大概也就忍了。反正自己年老色衰，有男人要就不错了。

可李清照是谁，她喝酒、写词、二婚，但她还是好女孩。

好女孩怎么能容忍卧榻之侧恶人酣睡？

于是，当众人还没有把“才女二婚”的新闻消化完时，李清照就简单声明：所托非人，打算离婚。有靠谱的律师事务所推荐吗？

简直比现代许多女明星还要干脆利落。

但在当时的社会习俗框架之内，“离婚”两个字压根不能由女方提出来。要解除夫妻双方的关系，要么是女方犯了“七出”，比如不孝、无子、出轨，要么是“义绝”，比如丈夫拿刀捅了老丈人。上述情况下，官府可以强制判离婚。

否则，要想和平协议离婚，无论如何得有丈夫的首肯。

张汝舟气急败坏地威胁她：“要我签字，没门！再提这事，打你！”

李清照顶着乌眼圈去告衙门，人家说这是家庭纠纷，我们不好插手，娘子要不要反省一下，是不是你自己更年期，脾气太差，惹了丈夫，才打你的？

李清照忍无可忍，直接改了说辞："我要揭发张汝舟当年科举作弊！"

科举作弊可是重罪。张汝舟人品有问题，这点黑料瞒不住机敏的李清照。

法律规定，丈夫犯罪流放，妻子可以申请离婚，并可以保全自己的财产。

张汝舟脸都白了，咆哮着提醒她："法律规定，妻告夫，无论对错，也要坐牢两年！你给我乖乖回家！"

不少人也揣着各种心思好言相劝：才女啊，要不就算了，忍忍就一辈子过去了，家家有本难念的经，不要奢求太多。这事闹大了，你名声也就毁了。反正你都快五十岁了，人老珠黄，以后谁还敢要？

李清照一概不听。面对舆论抛来的"妇道"大棒，她冷冷一笑。

纵然她文采动天下，可却从来不会知道"逆来顺受"四个字怎么写。

自由和所谓的"名声"，她觉得根本没什么犹豫的必要。

于是张汝舟被开除公职，流放广西。李清照也顺利地拿到了离婚证，然后从从容容去坐牢。

文坛才女的身份终于起了点积极作用。她有个粉丝叫綦崇礼，当时是朝廷里的大官。听说了她的遭遇，赶紧去向宋高宗求情。最后李清照在牢里只待了九天，没受什么罪，就被提前释放了。

李清照出狱后，在微博上发了一封答谢信《投翰林学士綦崇礼启》，这篇文章流传至今。

当然，这篇文章底下也不乏恶意评论，笑话她再嫁失身，晚节不保。到了明清两朝，更是有人煞有介事地评论：饿死事小失节事大，李清照是官宦人家出身，她怎么可能再嫁！这篇文章一定是别人盗用她的笔名发的！

又过了二十余年，公元1155年，李清照终于停止了创作。

再然后，理学兴起，文坛里基本上没再出现过女性文豪。

才藻非女子事也？

传说李清照晚年无儿无女，曾经遇见友人家一个姓孙的小姑娘，才十来岁就机灵聪敏，直追当年的自己。

李清照非常喜欢她，想要将自己所有才学倾囊相授，留个传人。

谁知小孙姑娘听了之后不为所动，正气凛然地回了一句："才藻非女子事也！"

李清照估计气炸了，你想偷懒就直说！

然而这个小姑娘还真不懒。据说她的父亲因此而"奇之"，觉得自家闺女简直太懂事了，然后亲手抄了几十篇古代女性的女德事迹，小姑娘"日夜诵服不废"，学得可带劲了。

于是这个小孙姑娘，一生中唯一留下的痕迹，便是后来陆游给她写了个墓志铭，记载下这件她一生中最为光辉的事迹，大加赞扬。

陆游写完墓志铭，放下笔，出神了一会儿，大概想起了他的前妻唐琬。

他又想到了晚年颠沛流离、失贞失节的李清照，更是喟然叹息。

“女人太聪明了就不幸福。才藻果然不是女子之事啊。”

人物小档案

李清照（1084年—约1155年），号易安居士，汉族，齐州济南人。宋代女词人，婉约词派代表，有“千古第一才女”之称。

李清照一生不可谓不坎坷，少时家境优渥、聪慧羞涩，婚后幸福甜蜜却身处乱世，家道中落，直至老年凄凄。这坎坷的一生，或许就是她的词、她的心境不断变化的原因。

第三部分

沙场巾帼

战场上不只有男人的身影

第一章

被老婆罩着的美好滋味你们不懂
——商朝的神奇女战神妇好

她是殷商时代的究极玛丽苏。

她是王后，是母亲，是女将。

她能文能武、多才多艺、傲视后宫，成为帝王心头宠。

她……

作为她的正牌老公，我在此严正声明：

你们可快闭嘴吧！

再这么胡咧咧，她要扛着她的十公斤大铜钺来打我了！

先自我介绍一下，本少爷打小出身贫寒，青少年时期流落在民间。家业不算大，地盘也就是后来的中原。为人耿直，尤其正气凛然，拳打东夷和西羌，脚踩土方和鬼方，天下无不臣服我大商，“武丁中兴”说的就是我，三千年前的威震山河的君王。

但是，我这一生最引以为豪的，是娶了妇好做妻子。

不不，你们别误会，这不是霸道总裁独爱小白花，也不是冷面帝王苦追皇妃将军，纯粹是因为——我真的特羡慕她。

搬砖小哥与白富美

妇好是商方部落的女贵族。

众所周知，我们大商由于年代久远（跟你们差着三千多年），还尚且残留母系社会遗风。妇好从小就接受跟男孩子一样的系统的文武教育，会写字，会占卜，会打仗，非常具有领导才能，而且还漂亮。

她往宫殿门口那么一站，穿个小皮裙，象牙啊玉佩的琳琅挂一身，就能让百姓围观膜拜。

而我呢，我老爸虽然是国王，但他儿子特别多，而且我们当时的继承法里还是明晃晃的“兄终弟及”。他的王位就是从他哥哥那儿继承来的。

他大概觉得我无论如何都没法当国王，于是……

就丢到民间随便养养吧……

我为了混口饭吃，今天给人盖房，明天帮人种地，后天跟街头混混打架斗殴，还收了一帮子小弟，身上文了个玄鸟。

就在那段时间，我邂逅了妇好。

（当然她的本名其实不叫妇好，“妇”是尊称，而“好”即“子”，是她父族的氏名。但为了照顾你们现代人的语言习惯，这里就简便地管她叫“妇好”了。）

我决心娶这个女孩子。

但她是谁？我是谁？她每天在五百平米的大床上醒来，我呢？一天到晚搬砖。

她正眼都不看我。

若是寻常人，大概也就从此放弃了。

但我是谁？我虽然不是国王，但我是国王的儿子啊。

我进行了一番操作——具体是什么，史书上没写，你们也别问——总之，我老爸去世之后，我从一堆叔叔和兄弟里顺利上位，成了下一任大商君王，走上了人生巅峰。

我穿上最华丽的衣服，赶上最酷炫的马车，拉了几百箱礼物，来到妇好的部落，霸气宣布："嫁给我。"

说完扬起嘴角，一抹恰到好处的痞笑，亮出手臂上文了玄鸟的肌肉。

围观的少女们全都沸腾了。一半在尖叫，另一半在窃窃私语："这不是去年给咱们公主修马厩的那个吗……"

白富美本人却并没有被我帅气的外表所迷惑。她回头问她的谋士："武丁如何？"

笑话，我掌权之后，励精图治、重用贤能、改革官制、守卫边疆，虽然只是初见成效，但全国上下都夸我是明君出世，激动地迎接大商民族的伟大复兴。

我已经提前跟她的谋士们打了招呼。果然，大伙众口一词，把我的政绩夸耀了一遍，并且劝她，跟商王联姻有助于提高部落地位，保持部落稳定，有利于双方繁荣发展云云。

面试的第一关过了。她似乎还不满意，对左右说："我要占卜。"

她还会占卜，是个祭司！这真是意外之喜。在我们的时代能当祭司可不容易，得经过多年训练。

她命人取来龟甲，祈问鬼神，等烧灼出裂痕，聚精会神地分辨神谕。

她有点吃惊。神谕的解读结果是：天作之合，造福万代。

我咳嗽一声，朝她那个掌管龟甲的老头使了个眼色。

老头朝我也狡猾一笑。我英明睿智，早早就把这人收买了。

这下她无话可说，再次打量了一下我，淡淡道："留下来吧。"

我欣喜若狂，当晚就留在了她的宫殿。

哦对了，说到结婚，那种"八抬大轿把新娘送到夫家，然后一拜天地二拜高堂"的习俗，是很久很久以后才有的。在我们大商朝，"从夫居"这个概念还没怎么成型。

当然，夫妻结婚以后，为了省个房租什么的，一般也是住在一起。但本少爷像是为房租发愁的人吗？

于是，结婚归结婚。难忘的蜜月过去后，我就不得不返回国都殷，也就是现代的河南安阳。那里现在还有一堆遗址和博物馆，你们可以去瞻仰一下本少爷当年的宫殿规模。

而我的白富美，她依旧留在自己的部落，处理繁忙的政务。

我跟她依依惜别，求她："尽早来看我啊。"

她莞尔一笑，答应："好。"

在分别的那一刻，我总算在她眼中看到了一丝欣赏和喜爱。

我跳上马车，恋恋不舍地回头一望，脸迅速红了。

我看到她，带着明媚的笑容，拉过那个掌管龟甲的老头，慷慨地往他手心里塞了一把贝壳币。

……

敢情我才是被耍的那个啊。

修墙工人与万人迷

我回到国都殷，百姓臣民欢呼迎接，终于让我重新找回了君王的感觉。

还有我的后宫佳丽们，也花枝招展地来打招呼。

欸，别用那种鄙视的眼神看我。我商还是奴隶制社会，没那么中央集权。要想争得周围部落的支持，最简便的办法就是联姻。

我刚刚登上王位，后宫就稀里哗啦多了一群部族贵女，有些是我求婚求来的，有些是人家上赶着送来的；有些成为我政务上的助手，有些则只会混吃等死；有些还算是容貌耐看，有些么……

唉，不说了。

我召集众妃开会，对她们宣布："商方部族的妇好，从此就是我大商的王后。你们以后见了都礼貌点。"

大家十分恭顺，有人问："那，王后什么时候莅临王宫，让我们参见一下？"

我："……"

哼！还不知道呢！

不过我作为有史以来最伟大的商王，日理万机，殚精竭虑，也没什么工夫思念佳人，寂寞了就回到自己的后宫。

听着特不专情是不是？

我还委屈呢！我家妇好在自己的部落里待着，我也很久见不到自己老婆一面啊。

——当然，我有我的自信。她是强悍的女人，定然也喜欢强悍的男人。纵观天下，还有哪个男人比我更出色的？

总之，时间慢慢过去。我的精力慢慢被北方边境的蛮族入侵所占据了。

那是一支奇怪的部队，他们的战斗力空前强悍，他们手中的武器前所未见，他们嘶吼着奇怪的语言，他们皮肤很白，鼻子很高，头发是浅色的。[1]他们宣称自己从西方来，一路上已经消灭了许多伟大的文明。

大商是下一个。

我那个气啊！抓起盔甲长矛就要亲征。傅说把我拦住了：“大哥，别冲动！”

傅说是我早年在民间收的一个小弟。当时他只是个奴隶，名叫“说”，跟我一块儿在工地搬砖，跟着我打过几场架，给我出了不少损招。我觉得这小子是个人才。

后来我当了国王，回到殷都，没来得及跟他道别。

身边的老臣缚手缚脚，我急需忠于我的年轻血液，我想到了当年的忠实小弟。但是……

我商毕竟是奴隶制社会，直接提拔一个奴隶当大臣，还是有点超出大伙的接受能力。

我灵机一动，宣称被圣人托梦，给我推荐了一个贤能的相国，我醒来之后，还记得那个贤人的相貌，于是赶紧让人画下来，全国寻访。

岁月是把杀猪刀，不过对帅哥的杀伤力不大。

很快，我的手下把他找着了。他正在傅岩一带筑城，于是人们叫他傅说。

我跟傅说兄弟重逢，两人抱头痛哭，又仰天大笑。他成了我治国的左膀右臂，他的话我一般都会听。

1.在中国的殷商时期，古印欧人崛起并横扫亚欧大陆。一部分迁入欧洲，血虐了灿烂的希腊文明；一部分侵占印度，征服了印度原住民，创立了种姓制度，成了高等人；还有一部分从新疆进入中国，形成小河文化。
学者李济提出，武丁时代征伐的外族，“与蹂躏印度文化的雅利安民族以及征服两河流域的迦塞族有极其相近的文化关联，并且有些血缘关系”。幸运的是，华夏文明在这场急风暴雨中屹立不倒，成为了唯一一个没被腰斩的古代文明。
当然这只是个十分激进的假说。雅利安人到底有没有跨过新疆，尚且有待商榷。那本文就大胆地假设一下。
这个假说倒也并非完全捏造。殷墟里曾经发现了高加索人种的头骨——不过是殉葬的。说明白种人确实进入过中国，但都是作为奴隶或者战俘被扔进殉葬坑的。

于是我没冲动，问他："那怎么办？我大商的部队跟那些鬼子已经僵持几个月了，不能再耗下去了！"

傅说不愧是我的忠实小弟。他胸有成竹地微微一笑，递给我一卷写在竹简上的信。

"不用大哥操劳。你的王后来信请令，她可以亲自带兵到前线，为你击退敌兵。"

我着实蒙了好一阵。好久不见，她消息还挺灵通的？

然后才觉得有什么不对。我问傅说："怎么王后的信先到你手上了？你认识她？"

"比大哥你认识得早。"傅说十分骄傲地一笑，"我当奴隶的时候，给她家修过院子。"

治国民工与女将军

好吧，我的妇好小公主是万人迷。我倒是偷偷看过她练武，也觉得她天赋异禀指哪打哪，但是带兵什么的……

虽然她一番好意，但我还是不太放心把大军托付给一个女人。

不过在我商，大伙没有选择困难症，遇到什么难以决断的事，我们就占卜。

占卜结果显示，让她带兵，上上大吉。

我对天发誓，我这次没有贿赂那个管龟甲的。

于是在大臣们的赞叹声中，王后从部落赶来，拇指上戴着玉韘，[1]披着战袍，执戈出发。跟在她身后的，是我大商的精锐部队。

她苗条的身影被夕阳的余晖圈出光晕。她忽然回头，朝我抛

1.射箭用的扳指，殷墟妇好墓出土。

了个小小的飞吻。

那一刻，我觉得我是全天下最幸福的男人。

我的心完全被这个美丽而嚣张的女人占据了。前线来一次战报，我的心就跟着跳一次。每天都要占卜好几回，看龟甲看得都快对眼了。

妇好今天精神如何？

妇好今天会不会受伤？

今天她那里有没有下雨？

她会不会梦到我？

……

直到我的大祭司愁眉苦脸地过来汇报：“大王，我商境内的大乌龟都快被你捉绝种了……”

傅说偷笑。

我恼羞成怒，当场把这个祭司撸了官，让他回家搬砖去。

祭司刚滚，忽然手下来报：“王后得胜回来了！”

我手忙脚乱地跑出去迎接。

她英姿飒爽，战袍依旧干净，好像只是去度了个假。只是身后的一连串俘虏——有些明显是贵族和将军——表明了她此次胜利的规模。

她朝我粲然微笑：“托大王福，敌军已破！”

我竭力维持着我的威仪，高冷地点了点头，回答：“感谢王后给寡人带来了这样的一件礼物。我……”

她却盈盈一笑，打断了我的话。

“喏，礼物不止一件。”

她指指自己的小腹。

我的高冷人设崩塌了。据傅说回忆，我好像当场跳了半个小时的舞。

我不是第一次当爹，然而只有她的孩子，能让我产生强烈的自豪骄傲之情。

我赏了她无数的金银玉器，很多东西我自己都不太会用——本少爷出身贫寒，没学会那么多花哨。

我讨好她，送给她珍禽异兽、斑马大象，让她高高地骑在象背上，任万民瞻仰膜拜。

解释一下，我大商所处的时代气候湿热，整个中原都是亚热带雨林气候，斑马大象满地跑。知道现在的河南省简称“豫”是什么意思吗？——象之大者谓之豫。

我封给她一大片富饶的土地，无数的田产和奴隶，用来匹配她的战功。

妇好没隆重谢恩，只是单纯地表示高兴：“以后巡视领土又要多花时间了呢！你放心，我会按规矩向你进贡的。”

我无语凝噎：“起码留在国都把孩子生下来啊！”

她嫣然一笑：“我逗你呢——祭祀什么时候开始？”

按规矩，战争胜利之后，需要举行祭祀大典，昭告祖先，感谢诸神庇佑。

我这才想起来，兢兢业业的大祭司刚被我炒了鱿鱼。

我灵机一动，问她：“你会主持祭祀吗？”

无良老板与大祭司

那似乎是我当上国王以后，参加过的最正式、最宏大的一次祭祀。

妇好的组织能力比我原先那个大祭司高不知多少！我顿时觉得以前给他发的工资都喂狗了！

就连处决俘虏，她都做得一点也不拖泥带水。那几个白皮肤、高鼻子的战俘，战战兢兢地跪在她面前。我还没看清她的动作，那几个人就眼睛一闭，干脆利落地倒在了挖好的坑里。

别觉得野蛮不人道，我商是奴隶制社会，人殉是很普遍的。

我寻思着，要么让她兼任大祭司？也就多发一份工资的事，肥水不流外人田。

她好像知道我在想什么，款款走过来，把她那双杀敌无数的纤纤玉手搭在了我肩膀上。

“大商是你的国家，也是我的。若有国家需要的地方，你不必客气。”

从此妇好成了我的首席大祭司，祭天、祭地、祭先祖、祭神泉。

祖先们一定很满意，因为我的国家蒸蒸日上，日渐富足。

由于国务繁忙，她留在殷都的时间越来越长，终于有时间陪伴我。

她生了一个孩子，没过多久又怀孕了。我商医疗条件有限，每次生产都很凶险，每次都是我比她紧张。

大乌龟越来越难捉。还好有存货——妇好的封地物产丰富，一次就进贡了五十枚龟甲，出手十分土豪。

甲骨文的卜辞说：“好入五十。”

我一点不怕浪费，每时每刻都要占卜她的状况。

你们在殷墟挖出来的一万多片甲骨里，有两百多片都是关于妇好的，许多都能在博物馆里看到。

比如这片，是我随手用来占卜她生产吉日的。

甲申卜，殻，贞，妇好娩，嘉。王占曰：其唯丁娩，嘉。其唯庚娩，弘吉。三旬又一日甲寅娩，不嘉，唯女。

见笑了。我商还是稍微有点重男轻女的，学术上来讲是母系遗存到父系制度的过渡。

不过作为精力充沛、身体健壮的女将军，她还是挺过了几次生产，每次都以极快的速度恢复状态，重新出现在我的朝堂之上。

男人能做的职位她都能胜任，甚至做得更好。

卜辞云："贞：呼妇好执。"——她去追捕逃犯。

她的政治才干不亚于我的任何一个大臣，朝廷里的老老少少都拜倒在她的个人魅力之下。

就连我的后宫……

我绝望地冲着一群美人儿喊："喂，你们去哪儿？"

美人儿兴奋地回头："王后开班，教女子防身术！大王不好意思，晚了就没位子了……"

……

大杀四方之女王

不过不要以为我活得很窝囊。只有无能的男人，才会把出色的另一半当成阴影。

而妇好呢，我很清楚，她之所以留在殷都，为我做事，给我生儿育女，原因只有一个：她待见我。

她对我有信心，她知道我能带领这个国家突飞猛进。我也确实没有辜负她的期待。

“国之大事，在祀与戎”，这是我们的治国理念，后来通过《左传》流传后世。

我修明政事，推行德政，亲自巡查领土，天下百姓欢喜欣悦。

我削减旧贵族的权力，使朝堂重新变得生机勃勃，人才济济。

除了她，我还任用勇武有谋的将领，四处征伐、平定边疆。

我甚至让她训练后宫，提拔了井房部族的妇丼等人做女将。

武丁盛世，妇好大杀四方。

我商版图空前盛大——西起甘肃，东至海滨，北及大漠，南逾江、汉流域，给后来的中原大一统奠定了坚实基础。

辛巳卜，登妇好三千，登旅万，呼伐羌。

当时西羌人不老实，我派妇好前去征讨，把禽、羽等久经沙场的武将划归在她帐下。

不要小看这一万三千人的队伍，它是我商代对外征伐中用兵最多的一次。跟后世那种动辄几十万的军队相比，似乎有点少，但我商总共才大约五百万人口。

横向对比一下，在我武丁大杀四方之时，遥远的西方沙漠里，有个叫摩西的圣徒，正带着一群可怜的以色列人，艰难困苦地逃离埃及。

而那些西方的战神，什么汉尼拔、恺撒、大流士、亚历山大……这时候连祖宗都还没出生呢。

这么一想，我觉得我投胎落点简直不要太理想。

羌人被征服，我商西部边境从此安宁。

然后是土方。我都没亲自去，只派妇好去打了一仗，就把这群蛮族收归麾下。从此土方再也不敢入侵，后来终被划入商的版图。

哦对了，最让我引以为傲的是巴方战役——我跟我媳妇双线出击，一个攻击，一个埋伏，完成了中国最早有文字记载的伏击战。巴方被打得落花流水，南部从此平定。

还有夷方、蜀、虎方，等等。

还有《诗经》里头的一句“挞彼殷武，奋伐荆楚”，不好意思，说的也是我的功绩，平定了湖南湖北。

什么，你要问为啥后来的史书里记的都是我的丰功伟绩，没几句妇好?

“男尊女卑”是千八百年以后才兴起的糟粕，这锅我商不背。

护商之神主

左手事业，右手爱情，我在人生的巅峰坐得舒舒服服。

可是，她却没能一直陪在我身边。

当我笑嘻嘻的，照常从傅说手中接过又一份战报的时候，他却没跟着笑。

而是说：“王后……受了很严重的伤。”[1]

常在河边走，哪有不湿鞋。她是战神，可又不是铜头铁臂。

上面说了，我商的医疗水平十分有限，在中国历朝历代中稳居倒数第二。这个我不粉饰。

一个蚊子叮的包都能传瘟疫，一个小小的感染就能要人命。

1.妇好的死因也有人说是难产。但根据学者分析，从妇好的身份来说应该葬在王陵。商代认为战死不能入王陵，妇好又常年征战，所以反过来推测妇好可能死于战场。

我眼睁睁看着我的白富美日渐憔悴下去，却无能为力。

我商的习俗认为，人之生病有恙，都是鬼神作祟的结果，尤其是祖先，看后辈不顺眼了，大概就会给我们降点灾祸，警醒警醒。

她才刚过三十岁。我的祖宗们一定是嫉妒我有这么好的王后，一定是嫉妒！

我把大祭司从家里叫进宫，也顾不得什么孝顺了，命令他反复卜问："到底是哪个老不死的想要带她走！"

"是我的祖先大甲吗？"

"是我的祖先成汤吗？"

"是我那个渣爹小乙吗？"

……

可惜大祭司搬砖太久，占卜业务已经不熟。不管我卜了多少次，浪费了多少龟甲，却始终得不到一个确定的结果。

她却十分看得开，微笑着安慰我："哭什么。我已经活过了我商百姓的平均寿命，没什么遗憾的。

"边疆都平定了，该做的都做好了。你要争取活得长长的，别让旁人糟蹋我的心血。

"尽快立新王后辅佐你，别让她虐待我的孩子们。

"陪葬……多给我留一些空白的龟板。我要留着占卜你的健康。"

她的声音渐渐弱下去。我悲从中来，忽然意识到自己是多么离不开她。

"你是不是挺喜欢傅说的？我把他杀了陪你……"

她哑然失笑："这就算了吧，我怎么舍得带走你的肱股之臣呢。对了，有件事一直没告诉你。当年你求婚时，占卜的龟甲，我让人做了手脚。”

……

我再也无心顾及我的形象，哭得肝肠寸断。

别走！我永远做你的搬砖小弟。

大祭司手舞足蹈地告诉我：“妇好已遁入幽冥，成为护商之神主。”

……好吧，姑且相信。

她的庞大产业自有子女继承，她的遗物堆积如山。

我怔怔看着那些甲片卜辞。曾经因为她鼻塞、牙痛、脚痛，做噩梦，我都如临大敌地命人占卜，唯恐她受罪。

虽然我很想把她的遗物留在身边，但我又觉得，她在另一边，也许更需要这些东西吧。

我把她的墓建在宫殿旁边，上面修了宏大的祭台，每天都在上面杀人溅血以祭英灵。

青铜器、玉器、石器、骨器、贝币、战斧、甲胄……我都当不要钱似的往她墓里填。我亲手杀了最漂亮的男女奴隶去服侍她。在封上墓穴的那一刻，我觉得她已经成神了。

不要笑我太迷信，在我们的时代，活着时的荣华富贵算什么，死后魂灵的威力才是无穷的。

从此她成了护佑我商的战神。每次国有战事，我都率领百官和后宫子孙，浩浩荡荡地来到妇好的祭台，跟她隔空对话，向她讨取杀敌的良策，请她保佑我军战士旗开得胜。

她向来是有求必应，百拜百灵。

有时候我会梦到她。说实话，醒过来之后是有点紧张的。因为我商迷信，认为鬼神会在活人身上作祟，让他们生病死亡。

万一她想我了，想带我去另一边双宿双飞呢……

不过事实证明，她还是很大度的。就算我后来又娶了俩王后，后宫人丁越来越兴旺，她也没表示什么不愉快。

笑话，她才不会那么小家子气，“王后”只是她诸多头衔中最不起眼的一个。只要我好好治国，勇敢打仗，她还有什么不满意的?

当然，我也很关心她在那边的生活。我始终没找出来是哪个孙贼索了她的命去，因此时常担心她在那边被欺负。只靠我这个活人给她作法加持，大约力量还不够。

有一天我梦见她面带桃花，对我说："你那位六世祖祖乙，今天邀我去他的祭坛里做客了。我的老天他可真帅，快比上你了，嘻嘻。"

我一骨碌爬起来，宣布："唤大祭司来，主持冥婚。我要把她嫁给祖乙。"

百官众臣对这个提议哄然称好。有祖宗罩着，看哪个小鬼敢欺负她。

祖乙之后，我又把她“许配”给我的十一世祖大甲，以及十三世祖成汤——也就是我商的创始人，青史留名的千古贤君（当然我也是啦）。

有这么几位大佬作陪，她应该左拥右抱乐不思蜀，在那边不会寂寞，也没人敢惹她了。

……什么，你跟我谈伦理道德? 不好意思，有代沟，听不懂。

听说后世学者研究甲骨文，发现我商的好几个君王都娶过一个叫“妇好”的女人，因此断定“妇好”是个世袭的女官职位，并非某一个特定的人。

我在坟墓里快笑掉大牙了。其实都是她啊，哦呵呵呵，想不到吧?

嗯，说到坟墓。

我羡慕死妇好了。

她的墓是我商唯一一个没被盗过的王族墓，里头的青铜玉器珍宝什么的，眼下都整整齐齐地展在博物馆，接受三千年后百姓的赞叹膜拜。

而我呢?时运不济，眼下尘归尘土归土。

我的魂灵飘荡在中原大地，我惊讶地发现，后世的那些贵族女子，虽然不乏出色英才，但，基本没有人能匹敌她的地位成就。

在博物馆的展厅里，妇好被介绍成了一个多才多艺的“宠后”，因为出色的才干，而得到君王的“宠幸”，得以享受如此丰厚的随葬。

我仰天吐槽：谁宠谁啊?真是……

人物小档案

妇好，我国历史上能够查到的第一位女性军事统帅，同时也是一位杰出的女政治家。

在武丁对周边方国、部族的一系列战争中，妇好多次受命代商王征集兵员，屡任军将征战沙场。曾统兵1.3万人进攻羌方，俘获大批羌人，成为武丁时期一次征战率兵最多的将领。

第二章

我人生的剧本，我自己来写
——实力宠夫、铁腕治国的萧太后

大辽要完！

公元986年元月，辽国上京。

烛光盈盈的宫室温暖如春，侍儿捧着鲜果和美酒，火炭之上烤肉喷香，健壮的舞姬在毛绒绒的地毯上旋转跳跃。辽国君臣正在开一场热热闹闹的贺年趴。

但这次大宴中最为瞩目的焦点，并非那个十六岁的小皇帝，而是太后。

太后不过三十余岁，正是成熟睿智的年龄。一张国色天香的脸蛋，风姿绰约的身段包裹在重重的礼服当中，身形显得娇小无比，而那双美目中透出的威严气势却丝毫不减。

站在权力顶峰的美女是什么样？男人见了她，倾慕而不敢肖想；女人见了她，艳羡而自惭形秽。跟她一比，身边那个少年皇帝简直像个不值一提的小跟班。

群臣都是人精，也知道国家大权谁说了算，不敢怠慢太后，高举着酒杯对太后歌功颂德，唯恐自己喊的声音不如旁边人的大。

——其实这些歌功颂德也并不是张口胡来。在太后的“辅佐”之下，大辽国的政治、军事和民生都达到了一个从未有过的巅峰，称得上国力昌盛，国泰民安。

太后听闻底下赞颂之声，轻轻一笑，美目一扫，没特意看任何人，然而所有人都觉得自己被她审视，不由得微微低头。

只有一个人没低头。

他年纪比太后大些，身着禁军统领服饰，一张剑眉星目的面孔生得恰到好处。也许他在年少时曾是风采过人的美少年，但此时人到中年，俊朗的面孔上雕琢着细微的沧桑之色，更添了三分魅力。

他似是武夫，又似是儒士，周身的气质霸道而不张扬，尊贵而不凌厉，聪慧而不轻佻，达到了一种完美的平衡。

他就那么直直地看着太后，眼中有赞扬、欣赏、感激，还有……毫不掩饰的爱意。

太后回眸，气度万千的目光中温柔闪现，也毫不遮掩地和他对视。

一路火花带闪电。

尴尬，在大殿上空悠悠飞过。

太后跟外臣之间不清不楚，这个朝野上下都心知肚明。太后手握权柄，大家都很聪明，不该看的不看，不该说的不说。

可是身为一国太后，即使先帝已经化为一抔黄土，这样明目张胆真的没问题?

群臣心中万匹骏马奔腾呼啸：太后，低调啊，低调!

十几岁的小皇帝却十分坦然，亲亲热热地招呼："你们愣着干什么？季父辅佐社稷有功，朕先敬一杯。来来，弟弟妹妹，都来敬季父。"

群臣再尴尬，一个个心道：太后啊，您把您的儿子带成啥样儿了啊……

然而风向摆在这儿，群臣还得整理出春风满面的神色，纷纷满了酒，朝那位英姿勃勃的"季父"祝贺道喜。

一时间，宫殿内外其乐融融，鼓乐悠扬。春日的脚步悄然临近。

太后怡然饮酒，左手爱子，右手爱人，眼前是煌煌万里江山。

女人做到这份上，妥妥的人生赢家啊！

半个月后，千里之外的北宋都城汴京。

北宋君臣们从派去辽国的眼线口里，听闻了这桩千载难逢的奇事。

啥？辽国的太后年轻风流，守寡还不安分，跟外臣不清不楚地搞到一起了？还明目张胆地出双入对？出则同食，入则同寝，风流韵事传遍京城？

朝里居然没人反对？

连太后的儿子——辽国小皇帝，都默认了老娘给老爹戴绿帽，还毕恭毕敬地把那个人当"季父"侍奉？

连带着太后其他的子女，也都跟着叫叔叔？

……

一群长胡子老臣义愤填膺，捶胸顿足："蛮夷啊，蛮夷！礼义廉耻呢？仁义道德呢？"

然而义愤过后，又是难以言喻的窃喜。

熟读四书五经的宋朝文武，在细致入微地分析了辽国情况之后，不约而同地得出了一个结论——

大、辽、要、完！

可不是！太后是一国之母，理应给全国上下的女性们树立一个妇德的典范。女人们守妇德，家庭才能和睦，才能生下合格的子孙，男人们才能高枕无忧地为国效力，国家才能兴旺。

不是吗？千百年来，圣人的书籍一直是如此教导的。

而辽国呢？主幼国疑，牝鸡司晨，妖姬祸国，无论哪一条，都十分符合“亡国”的征兆。

太后伤风败俗，定然招致国人不满，辽国上下必定不齐心——谁愿意听从一个道德败坏的女人的领导呢？

不少官员信心十足地向宋太宗进言：此时不打，更待何时？

公元986年正月，宋军兵分三路，浩浩荡荡地开始了“雍熙北伐”，试图把这群不知廉耻的契丹人好好教训一番。

如果他们肯多花点时间，了解一下这位辽国太后的生平和为人，大约会后悔做出这么轻率的决定。

他们惹的，便是历史上大名鼎鼎的萧太后。

开花但没结果的初恋

萧绰，小字燕燕，出身辽朝贵族。父亲是北府宰相萧思温，母亲是大辽燕国公主。

地球人都知道，辽国基本上就两个大姓：耶律和萧。其中耶律家做皇帝，萧家出皇后重臣，世代与耶律家通婚。

所以严格来讲，辽朝的历代皇后太后基本上都姓萧。但只有这一位“萧太后”，在众多萧氏女眷中脱颖而出、艳压群芳。

《天龙八部》里的乔峰乔帮主，发现自己出身契丹，本姓便是姓萧。这么个姓氏亮出来，用不着胸前的刺青狼头，契丹人一听就知道是自己人——皇后那一系的。

辽朝当时的版图在现在的天津、河北、山西以北，并且涵盖一部分蒙古和俄罗斯。与当时统治中原的北宋相对峙。

辽朝领土所辖地区内契丹族与汉族杂居，两族人民和谐友爱地生活在一起。

韩德让出身于一个汉族官宦世家。他有勇有谋，饱读诗书，既有契丹健儿的勇武野性，又不乏汉家男子的儒雅温厚。

一个是前途光明的少年英才，一个是情窦初开的皇亲贵女。传说，萧绰和韩德让初始相见，那个戎装打扮、生机勃勃的契丹少女，就占满了韩德让年轻的心。

而那个略带腼腆的汉家男孩，也从此出现在燕燕的梦里。

大辽的社会环境下，婚姻比较自由。两小只两情相悦，大可跟父母申请一下，然后结成眷侣，双宿双飞。

可惜剧本没这么简单。公元969年，辽穆宗被弑身亡，宰相萧思温推举耶律贤即位，是为辽景宗。

辽景宗继位后，为了感激萧思温拥戴之功，决定把他的女儿纳入后宫，将老萧升格为国丈。

因为要报恩，所以要娶你的女儿……

放现在，哪个小伙子敢出此狂言，基本上可以算是凭实力单身。

但辽景宗他，他是皇帝啊……

老萧连忙谢恩。

老萧有三个女儿，前两个都已嫁为人妇。十六岁的萧绰别无选择，她没哭没闹没纠缠，平静地接受了这一项政治使命。

生在贵族人家，她的整个人生，都要为家族的荣辱而服务。

择了吉日，萧家小女儿严妆华服，入宫为妃，道旁千人颂贺。

韩德让无能为力，只能眼含热泪，目送那个本该属于自己的少女，登上了别人家的花轿。

剧情进行到此，就算萧绰是女主，韩德让也基本确定可以算是炮灰了，最多是个男二，顶多在独自一人的时候怀念曾经美好的初恋，却与真人之间再无瓜葛。

然而萧绰并不是寻常的十六岁少女。

她表示，我不仅要当女主。

我还要把剧本抢过来自己写。

萧绰没怎么思念韩德让。她迅速投入到自己的新角色当中。

因为她自己的努力，又有着权臣父亲的关系，她没多久就被封为贵妃，又在数月内被抬为皇后。但她的婚姻生活算不上幸福。

辽景宗常年卧病，无法正常临朝。而且就在她当上皇后的同一年，国丈萧思温死于政治暗杀。

没了家族的靠山，也没有强势的丈夫，十七岁的萧绰迅速成熟起来，独自应付四周环伺的危机。

她的才干开始崭露头角，她开始协助皇帝夫君处理国事。

这样过了一段时间，在皇帝的默许下，她甚至开始独立裁决一切日常政务。若有重要的军国大事，她也有权召集蕃汉大臣集会共商，然后将商议结果通报辽景宗即可。

再后来，辽景宗干脆对史馆学士下了个令，让他们在书写皇后言论时也应称“朕”或“予”。

不仅把她拉进董事会，还让她成了跟皇帝平起平坐的大总裁！

我们可以比较一下，在萧绰之前，武则天开始权力之路的起点，也是替生病的唐高宗处理政事。在她之后，慈禧太后开始涉足政治，也是因为咸丰帝体弱多病，这才让自己的嫔妃代劳一些杂务。

可见大凡后妃掌权上位，“老公体弱多病”都是个必要条件。但这个不是今天的主题，暂且按下不提。

况且，比起武则天和慈禧，萧绰还有一个得天独厚的优势：她生在没有过分严苛礼教束缚的大辽，女性地位相对较高。女性干政，不算丑事。

因此，她的权力之路走得相对顺利，没那么多人在她背后使绊子。

她独揽军国大政之时，年仅二十三岁。

站在太后背后的男人

韩德让并没有彻底消失在萧绰的生活中。

事实上，这个令她心动的名字经常在各路奏章奏折里面晃，频率高得让人瞩目。

公元979年，太后萧绰二十六岁。宋太宗亲率大军北伐，攻打辽都南京（今北京，也就是《天龙八部》中萧峰被封南院大王时的封地）。

镇守南京的正是韩德让。他临危不惧，指挥抵御十五昼夜，终于等待援兵赶到，内外夹击，大败宋军，射伤并差点活捉宋太宗——史称“高粱河之役”。

因为此功，韩德让官拜节度使，再过数年，迁升南院枢密使。一时间风光无两，众人瞩目。恰如武侠小说里，那个因建奇功而被封南院大王的萧大侠。

韩德让凯旋回京，不可避免地要面见萧皇后。他接受封赏荣宠，也自然而然地，要经过皇后之手。

我们不知，当萧绰亲手将节度使的印绶交予韩德让时，当韩德让以官样的言辞高呼谢恩之时，他们君臣之间，有过怎样的刹那间的眼神交汇，目光里是不是有着只有他俩才能懂的深意。

守护我。

守护我的江山。

萧绰二十九岁时，“体弱多病”的老公终于撒手归西。

辽景宗驾崩，留下遗命：太子即位，“军国大事听皇后命”。

太子就是萧绰的长子耶律隆绪，此时年仅十二岁。

这时候的上京城内，宗室亲王二百余人拥兵握权，势力雄厚，盈布朝廷，虎狼环伺。

孤儿寡母守江山，原本就是hard模式。而在信奉“适者生存”的游牧民族政权里，更是super hard模式，这几乎是亡国必备配置。

萧绰眼皮狂跳，脑海中闪过汉人历史书上读过的一桩桩剧情——

魏明帝死后，年仅八岁的曹芳登基，郭太后主持朝政。皇权迅速被大将军曹爽架空，后被司马氏逼宫夺权……

北周末年，年仅七岁的静帝孤儿寡母，被杨坚所废……

后周末年，世宗柴荣英年早逝，留下孤儿寡母，被赵匡胤抢了龙椅……

可见，孤儿寡母好欺负，稍微走错一步，就是万劫不复。

萧绰抱紧了十二岁的儿子，在一片哀声中捋清思绪，思索着生存之道。

她几乎没犹豫，让人请来了韩德让。

新寡的太后一身重孝，脂粉不施，眼眶哭得红肿，强压着哽咽之声，问："母寡子弱，族属雄强，边防未靖，奈何？"

韩德让垂首跪地，眼中是一片素白的裙角。

他铿锵回道："太后且信任臣等，莫要忧虑。"

见他如此表态，后头一溜重臣找准风向，赶忙摆出忠肝义胆的表情，表示小的们唯太后马首是瞻，坚决打击任何企图分裂削弱我大辽的势力。

太后泣涕涟涟地向众臣道谢，表示"奴家全凭大人们做主"。

然后，在众臣目不暇接，尚未反应过来之时，她已雷厉风行地颁布了一串政令：命亲信大臣接管军事和内务，闪电般收缴了宗室亲王的兵权，顺利完成了政权的让渡。

韩德让以拥立功总理宿卫事，参决大政。

一切似乎都很顺利。

然而有一件事，即便是睿智果决如萧绰，心里也有些拿不准。

这个站在她背后，无条件支持她、辅佐她的男人，他所做的一切，究竟有多少是为了国家，有多少……是为了她呢？

她与韩德让一同出巡，远远看着她那个十二岁的、姓耶律的儿子。

她似是不经意的，轻声说了一句思虑已久的话：“当国幼主，你就当他……也是你的孩子吧。”

此言何意，昭然若揭。韩德让立即明了。

契丹风俗：不禁女子改嫁。贵为太后亦如此。但她并没有放弃权力离开自己的孩子。

韩德让没看她，也似是不经意地叹息：“太后不是不知，臣已娶妻多年。妻族势大，无法割舍。”

尝尝太后亲手派发的狗粮

纵观历史，贵族官宦人家，政治联姻是家常便饭，自由恋爱才是异端。

萧绰如此，韩德让亦如此。

他眼见和燕燕姻缘无望，也在家族的安排下早早娶亲。也许，韩德让夫妻俩谈不上有感情，因为韩德让年逾不惑，仍然没有一个儿子，但即便如此，也不能无视他的发妻的存在。

因此，面对初恋抛出的橄榄枝，韩德让并没有欣喜若狂。

萧绰微微冷笑，未发一言。

不日，韩德让之妻暴毙。

世人皆传，是萧绰派人所为。这件事在宋朝的史书里被大书特书，被看作是辽国太后的一大黑料。

瞧瞧，瞧瞧，果然是最毒妇人心呐！

南宋人所撰的《契丹国志》云：“后天性忮忍，阴毒嗜杀。”

乱七八糟的评价传到萧绰耳中，她依旧只是冷笑。

好像你们男人当政的时候，“阴毒嗜杀”就少了？她要是“宽厚仁爱”，早就被撕得渣都不剩了好吧！

自古以来，为了争个女人，男人们杀来杀去，被称作“冲冠一怒为红颜”，有些事迹还被奉为美谈。她萧绰何德何能，杀个情敌而已，值得你们这些卫道士如此大惊小怪，徒费笔墨？

韩德让对此如何表态，史书里没记载。燕燕也不关心。

也许他愤怒过，也许他悲伤过，也许他也曾喟然叹息，对着亡妻的灵位表示抱歉：她是君，我是臣。但不久以后，韩德让便重新精神抖擞地出现在朝中，大大方方地拉住了萧绰的手。

毕竟，不论多么心狠手辣，不论多少人命在身，宫中那位至高无上的萧太后，在他心里，还是当年那个十六岁的燕燕吧。

于是，后来著史的各位文人——不管是何民族，不管是何阵营，都津津乐道地记载了萧太后是如何“实力宠（后）夫”的。

据说，韩德让无所避讳，随意出入于萧绰的大帐之中，随她出外游猎，跟她一起处理政务，两人如胶似漆，并排而坐，同案而食。

后来宋辽澶渊议和时，宋朝使臣曹利用掉了一回眼珠子。他看到：“虏母（就是萧绰）于军中，与番将韩德让偶坐驼车上，坐利用于车下，馈之食，共议和事。”

“偶坐”——并排坐。

翻译过来就是，萧太后跟韩德让，并排坐在豪车里头，言笑晏晏，亲手给底下的宋使派发狗粮。

《乘轺录》云：“虏所止之处，官属皆从，城中无馆舍，但于城外就车帐而居焉。”

嗯，晚上就共入同一个营帐，显然不是连夜商谈军国大事的。

满朝文武对此也习以为常。

当然，也有人不高兴。涿州刺史耶律虎古，对于太后跟一个臣子卿卿我我十分不满，于是对韩德让出言不逊。结果，在大庭广众之下，韩德让直接下令把这厮杖毙了。

不过也并非韩德让有多残忍狂躁。这个倒霉的耶律虎古其实以前跟韩德让的老爹因为政见不合而有过争执，韩德让也许只是借个因头，公报私仇。

重要的是，这一场争执，萧太后眼睁睁看着，未发一言。

还有一次，在观看马球赛时，契丹贵族胡里室不知吃错什么药，纵马将韩德让撞下了地。

鉴于契丹人都是弓马娴熟，骑马比走路学得早，此举不太可能是事故。很可能胡里室也是跟韩德让有宿怨，一下子没刹住车。

萧绰脸色铁青，直接下令将胡里室斩首。

众臣知道她这是杀鸡儆猴。与公与私她都容不得任何人对韩德让冒犯不敬。

从此以后，韩德让的地位扶摇直上，直到官至大丞相，总知南北院枢密使府事，集军、政大权于一身。

998年，也就是萧绰四十五岁时，她干脆取消了与韩德让的君臣名分，取消他的奴隶身份，赐他姓耶律，使他成为契丹贵族。并封“晋王”，隶属“季父房”，赐铁券几杖，入朝不拜，上殿不趋，左右特置护卫百人。

基本上是太上皇的待遇。

韩德让没有儿子。萧绰下令，将契丹宗室子弟过继给他为嗣。

别的女人给情郎送礼物，不外乎荷包玉佩肚兜绣鞋，萧太后她……她送儿子。

后来这一支血脉依旧无嗣，萧绰干脆规定，耶律氏每一代都贡献一个皇亲，作为韩德让的后嗣，直到辽朝灭亡。

看得群臣羡慕嫉妒恨。

这简直是“霸道王爷爱上我”的性转版啊！

——太后您、您还缺面首吗？能上朝，会做官的那种……

八卦传到千里之外的北宋，士大夫们捂着耳朵，表示如此堕落的丑事，我不听我不听。

私底下却互相询问：欸，那个辽国太后，到底生得有多美？

枕边小风吹啊吹

在萧绰的时代，契丹辽国虽然幅员辽阔，军事实力强悍，但本质上来说，还处于游牧民族奴隶制时期。

譬如韩德让祖上，就是被掠到契丹为奴的汉人。当然，老韩祖父勇于反抗命运，最后反而混成了高官。

但这毕竟是特例。辽国政体，从上到下，还带着浓厚的原始部族制残余。

还有严格的民族歧视链。比如大街上如果俩人打架，被官兵拉开，一看，哦豁，一个是汉人，一个是契丹人。

汉人当街打架，影响极坏，重打二十大板！

契丹人当街打架，有碍观瞻，嗯……批评教育，责令回家。

不平等啊！

汉人百姓一个个都活成了小白菜，面对趾高气扬的契丹邻居，只能暗地里咒他出门摔跤。

在韩德让的影响之下，萧绰对这一系列不平等的社会制度发起了大刀阔斧的改革。

譬如，废除民族歧视政策，改为契丹人和汉人同罪同罚。极大地改善了两族关系。

譬如，平反过去的冤案，她自己亲自审决滞狱。

譬如，选拔官吏之时，降低血统的重要性，实施选官任贤，确立科举制度，不分番汉，一律平等考核，使官吏队伍里有才略之人源源不断。

譬如，施行汉法，进行赋税改革，整顿农耕，使得辽国国力大幅增强。

当然，她还大肆打击政敌，稳定自己的权力——包括自己的两个姐姐。

……

据辽史记载，萧太后执政之后，辽国“国无幸民，纲纪修举，吏多奉职，人重犯法”“统和中，南京及易、平二州以狱空闻”。

有这样一个太后，有这样一个国家，大辽全国上下高兴还来不及，哪有心思去谴责太后的私生活。

说不定还会时不时传点喜闻乐见的八卦——太后今天又和韩德让去狩猎了；太后亲手赐了韩德让外国进贡的宝贝；今天皇帝见韩德让的时候行的是父子之礼；太后和韩德让在宋国使臣面前公然秀恩爱，哇哈哈哈，可惜你们没亲眼看到那个老夫子的表情……

如此等等。

萧绰依偎在韩德让怀里，笑问：“听说在你们汉人的礼教里，我是道德败坏的风流荡妇？”

韩德让一头黑线：“呃，这个……那个……确实是会有人看不惯。”

萧绰大笑。

我就喜欢你们看不惯我，又无可奈何的样子。

当然，作为中原正统汉人王朝的大宋，看不惯辽国的理由也不仅仅这一条。单是占据幽云十六州这个事实，就足够让大宋朝廷上下怨念深重，恨不得北边那群姓耶律姓萧的胡虏立刻原地爆炸。

这里插播地理小知识：北宋立国之初，便有一个先天缺陷：缺乏北方屏障。

幽云十六州，也就是现在的京津冀北地区，占据地势，俯视中原一片平原。没有这片地势屏障的保护，中原的软弱腹地、花花世界，完全暴露在契丹铁骑之下。

可以这么说，契丹人从北京出发，闭着眼睛骑马往南撒欢跑，不出一天，就能到达黄河，遥望北宋都城汴梁。

搁现在，那相当于洲际导弹全境覆盖。汴梁城里的军民百姓，这怎么能睡得安稳？

况且这块地原本就是汉人的，只是被后晋石敬瑭割让给辽国，这对汉人来说是奇耻大辱。

后晋虽然灭了，但是割出去的土地要不回来，辽国把它守得死死的。

宋太宗制定了基本国策：不惜一切代价，一定要把幽云十六州给啃下来，给咱们大宋后院加一扇防盗门。

在979年那次高梁河之役后，辽宋又有过几次摩擦，各有胜负。

在战争中，宋朝大将杨业威名四起，号称“杨无敌”。那是萧绰第一次听到“杨家将”的名号。

对了，据说一百多年后，北宋境内出了个姓杨的好汉，自称“三代将门之后,五侯杨令公之孙”——杨家将的后代。他后来上了梁山，走上了扯旗造反的道路。可见世事无常。

杨家将vs萧太后

“杨家将”，是以中国宋辽征战为历史背景的系列衍生故事，包括小说、戏曲、评书等，这些故事在民间耳熟能详。

“杨家将”的剧情基本上是这样的：杨家满门忠烈。老将杨业在对辽作战中，因为奸臣潘仁美陷害，导致寡不敌众，慷慨赴死。死后的骨灰被萧太后藏了起来，用来庇佑辽国。

萧绰：？？

后来，杨业之子杨四郎，作战时被辽国俘获，被萧太后看中，招为驸马，把二女儿嫁给了他……做小老婆。

再后来，杨八郎同样是被辽国招为驸马，娶了萧太后的三女儿……做小老婆。

顺便，这两位辽国公主最后都“弃暗投明”，成为杨门女将，跟佘太君、穆桂英她们肩并肩手拉手，大力支持丈夫的抗辽事业。

萧绰：？？？

在宋辽作战中，萧太后的几个兄弟先后死于杨家将之手。

最后，反复无常、穷凶极恶的辽国大将韩昌（原型自然是韩德让），被杨宗保和穆桂英破阵活捉，斩于帐前。他的儿子也被杨五郎斩杀。

……

萧绰表示她已经听得快睡着了。你们汉人能不能有点想象力?

——我要让你们看看，真正的大boss是什么样的。

公元986年，宋太宗认为辽帝年幼、太后摄政，辽国内部定然不稳，以为有可乘之机，再次策划北伐，是为“雍熙北伐”——也就是本文开头的那一次。

此时的萧绰，虽然年不过三十余，但已经过了生与死的重重历练，从铁与血的废墟中，攀登至权力的顶峰。

韩德让伴在她身边。

宋军北伐伊始，气势如虹，连取数地，大有收复幽燕之势。

但由于宋军急躁冒进，又犯了重大的战术错误，以至于被辽军分头击溃，死伤惨重，不得不退回了原来的边界。

并且，宋朝大将杨业被俘，不屈而死。

雍熙北伐失败，宋丧师数万，国力穷沮。消息传回东京，朝野一片哗然。

说好的多行不义必自毙呢?说好的伤风败俗自取灭亡呢?说好的牝鸡司晨辽国要完呢?

那个寡廉鲜耻的女人，她她她……她居然杀了杨业?

保护费收到手软

公元1004年秋，黄河岸边的澶州城居民惊恐万状地发现，二十万辽军已经兵临城下。

猎猎招展的契丹狼旗之下，竟然是一位戎装女子。她目光凌厉，神色无惧，大有横扫六合、并吞八荒之势。

她的身边，左右立着两个男人：已长成人的辽圣宗，小伙子英气勃勃，跃跃欲试；还有那位胆识过人的韩德让，岁月在他的脸上沉淀出厚重迫人的痕迹。

澶州离北宋都城汴梁，仅百里之遥。

警报一夜五传东京，北宋朝廷一片混乱。

这时候宋太宗已经驾崩，见他哥哥去了。即位的宋真宗远没有他爹那么勇武好战。他满心想着发展经济民生，对军事不太感兴趣。

于是上行下效，满朝文武哀鸿遍野。甚至有人提出，要么咱们学学唐玄宗，到四川避个难？

宰相寇准站出来："谁再敢提一个逃字，我就宰了他！"

宋真宗几乎是被寇准押上战场的。宋军见"御驾亲征"，士气大振。

而辽国一方，大将萧挞凛在战斗中意外被床子弩——宋军的高精尖大杀器——射中身亡，也让萧绰有些措手不及。

事情似乎没有她想象得那么顺利。

韩德让对她说过："战争并不是解决问题的最终手段。"

她已经杀了一个杨家将，可难保不会还有更多。

她年纪愈大，韩德让也年事已高，还能不能扛得住一次次征伐？

她终于觉得有些倦了。

而此时此刻，宋辽对峙的现场，情况十分微妙。

虽然辽国一直呈压制状态，宋方代表宋真宗十分怯战，恨不得明天就班师回朝，回家种田。但辽国刚刚经历了一次意想不到的败绩，阵脚有些自乱，而宋朝一方，因为这管鸡血，士气正旺。

熟谙敌人心理的萧绰，依偎在韩德让身边，微笑着向使臣提出：不如议和？

她知道对方不会回绝。

对方果然没有回绝。甚至提出，我们大宋不差钱，可以花钱买和平。

在一番讨价还价之后，宋辽两国签订了历史性的澶渊之盟，约定宋辽为兄弟之国，并且宋朝每年向辽朝缴纳保护费，哦不，岁币三十万两。

据说谈判的宋使回去之后，宋真宗忐忑地问他岁币的数额。宋使羞愧，比了三根手指。

宋真宗："三百万两？稍微有点多啊，但也不是不能接受……"

宋使满头大汗，告诉皇帝："其实是、是三十万啦……"

宫殿里响起了宋真宗快乐的歌声。

历史证明，和平永远优于战争。对土豪的大宋来说，每年三十万两九牛一毛，还不够军费开销的零头，而且很快就从宋辽两国的贸易顺差里赚回来了。

对大辽来说，每年有了花不完的零用钱，边境从此和平，百姓得以高枕无忧地繁衍生息，再不用担心部族内乱，入不敷出。

并且谁也没想到，这个脆弱的和平条约，居然一直维持了一百多年，直到白山黑水的女真族开始崛起，天下局势突变，盟约才被打破。而那时离北宋灭亡已经不远了。

萧绰平生杀人无数，但因为她这一纸和约而免于炮灰命运的芸芸众生，又有多少呢？

不如归去

萧绰回到上京，面对纷纷道贺的群臣，忽然有些空落，不知喜从何来。

她想，也许是老了，记忆力减退了。

她看向身边的情人。韩德让精神一如往常，只是鬓角的白发，怎么也掩不住了。

她忽然寂寂一笑，向他征询：不如归去？

公元1009年，在完成了所有的安排和交接之后，萧太后全面归政，打算退休养老。

同年十二月，病逝于行宫，享年五十七岁。

韩德让随即病重，辽圣宗亲自端茶送水、喂药问安也无济于事。一年之后，也驾鹤西归。

……

萧绰萧太后，以铁血铁腕名垂青史，也以“旷世君臣之恋”而长期高居中国历史名人八卦榜首。

有些人读完她的生平，看到的是内政、外交、改革、战争、大国崛起。

有些人则只看到“风流艳后毒杀情夫之妻”之类的狗血片段。

萧绰表示无所谓。她从一开始就知道自己要什么。

她说，我人生的剧本，必须由我自己来写。

有人说，萧绰自知势力有限，为了笼络权臣韩德让，才会给予他军政大权，对他无条件忍让，乃至做出“下嫁”的决定——就像后来孝庄“下嫁”多尔衮一样。

但，须知，韩德让是汉臣，出身奴籍，在强势的契丹政权里，原本没有颠覆其国政的实力。若没有萧太后的“宠幸”，他不可能做到权势滔天。

更何况，如果萧绰是被迫委身，为何她的子女对韩德让恭谨如父，乃至萧绰去世以后，依旧对他尽心侍奉、诚心祝祷?

也许，笼络和情爱，二者都有。

但在萧绰这位女中豪杰眼中，这二者也许根本就不对立。

萧绰死后，葬乾陵，功过任人评说。

韩德让则被葬于乾陵侧，陪在他的燕燕身旁。

至于辽景宗……作者觉得没人关心他被葬在哪儿，大家可能连他是谁都忘了。

人物小档案

萧绰，生于953年，小字燕燕，契丹族，辽朝政治家、军事家和改革家。她摄政期间，辽朝进入了最为鼎盛的辉煌时期。

萧绰是辽景宗耶律贤的皇后，在民间戏曲中被称为萧太后，在关于“杨家将”的故事中，总少不了这位铁血太后的身影。

第三章

终于等到你，还好我没放弃
——很能打的梁红玉

好多玛丽苏小说经常有这种桥段：女主本来是大家小姐，由于家道中落，沦落青楼。在某次重大场合中，她艳妆出场，剑舞飞扬，博得满堂喝彩，成为青楼头牌，把霸道王爷迷得五迷三道……

是不是觉得很雷？

那是因为女主的名字不叫梁红玉。

玛丽苏？大女主？

公元1121年，镇江京口。

一群官兵正在宴会厅里饮酒作乐。

他们刚刚平定了大反贼方腊的叛乱——方腊这厮，天生反骨，利用摩尼教吸收百姓，啸聚山林，割据江南，公然和大宋朝廷叫板，宣称要建立什么大同社会——这不是找死吗！

在武侠小说里，方腊是武功盖世的明教教主。在《水浒传》里，方腊是梁山好汉们最终面对的大boss。

而在真实的历史中，方腊没有那么神通广大。和历史上几乎所有的农民起义军的下场一样，他手下的百姓军队，敌不过训练有素的大宋官兵。他被迫节节退守，最后由于叛徒的告密，他一路退到青溪县，最后躲进了帮源洞里。

这不是电视剧里那种大侠躲仇家的小山洞，而是一个路径曲折的大型洞窟。官兵不敢轻易进去，唯恐被伏击包圆，功亏一篑。

此时，一个小小的裨将自告奋勇。他带着一队小弟，深入虎穴，一番搏斗，把躲在最里面的方腊给绑了出来。

轰轰烈烈的方腊起义，至此落下帷幕。

这个立功的小裨将，叫韩世忠。

此时他坐在庆功宴上，耳中听着靡靡之音，听着上级军官们互相阿谀奉承，心里烦躁极了，不住地抓耳挠腮。

韩世忠出生于延安，他从小放荡不羁爱自由，人送外号“韩泼五”。他大字不识一箩筐，听见那些文人们吟诗作对就打瞌睡。

偏偏他还是这次的战斗英雄，被迫挂个大红花，站在台子上供人参观。韩世忠脸上笑嘻嘻，心里早就不耐烦了。

而且这些脑满肠肥的官员们，喝酒奏乐也就算了，还张罗着请了一群营妓，笙歌燕舞，娇声媚语，场面混乱不堪。

韩世忠心里骂娘，心想好好的军营，让女人进来干什么！

上面那些军官还起哄：“唱歌！跳舞！给军爷们跳个舞！”

舞女们一个个嬉笑着上台，随着音乐扭动舞蹈，唱着靡靡之音。

众男人又笑又闹："不够劲！不够劲！谁来跳一个带劲的！"

韩世忠极其烦躁，闷头喝酒。

就在此时，舞女丛中，忽然传来一个清脆的声音："寻常舞蹈不入军爷们的法眼，奴家为军爷们献一段剑舞，如何？"

军官们都喝高了，大着舌头哄然叫好。

一个身着窄衣，长发及腰的舞姬越众而出。她姿容清丽，不似身边的庸脂俗粉。

忠州防御使辛兴宗口水都快流下来了，伸手去揽她："美人儿，别跳舞了，到大爷怀里来……"

舞姬却摇头婉拒了，依旧是带着些许傲然的笑，冲满座军官询问："哪位可以借剑一用？"

众军官都有点惊讶，本来以为这美人说什么"剑舞"，不过是哗众取宠罢了。这又不是武侠小说，哪个妓院还附带培训武功的？就连军官们本人，会舞剑的也寥寥无几。

再说，大家都喝高了，随身带的刀剑什么的，乱七八糟的堆在旁边，谁也懒得去拿。

韩世忠解下腰间的剑，随手丢过去："用我的。"

看这娘们有啥能耐。

舞姬行礼谢过，随后拔剑出鞘，随着音乐，开始舞蹈。

她姿态窈窕，舞姿优美。开始军官们还醉醺醺地叫好，评论她的身材脸蛋。

可随着那一柄剑穿梭来去，如惊鸿，如游龙，施展出一个个惊险的动作，在座的军官们酒都醒了。

这分明是个高手！从军多年的老兵油子，都未必有她的敏捷和精确。

众人越看越呆。不少混日子的酒色军官都有点自惭形秽。当年学的那点武功全都还给师父了，要是真的一对一，自己未必是这个女人的对手……

而有些胆小的，心里开始忐忑不安。不会是方腊余党派来的刺客什么的吧……

舞剑的美人却依旧从容淡定。音乐停止，白虹入鞘，她优雅行礼："见笑了。"

满堂寂静，随后轰然喝彩。

在后世的许多玛丽苏穿越小说里，女主经常是混迹青楼，卖艺不卖身，然后在某次重大场合中，她艳妆出场，跳一段现代舞，唱一首现代歌，随便舞个剑，就会博得满堂喝彩，成为青楼头牌，身价一百万两银子，把霸道王爷迷得五迷三道，暗自发誓这个女人只能属于我……

如果你觉得不合常理，那只能说明，这些小说的作者没见过梁红玉，都落了俗套。

梁红玉在历史中的出场，就是这样一个教科书般的玛丽苏桥段。

风尘铸红颜，慧眼识英雄

史书中没有记载她的名字，只称梁氏。红玉是野史和话本中给她取的名字，最早出现在明朝张四维所写的传奇故事《双烈记》中："奴家梁氏，小字红玉。父亡母在，占籍教坊，东京人也。"在这里也就沿用一下。

梁红玉的身份不过是低贱的营妓，然而她在陪酒时表现出的气质和素养，把在场的其他女人都比成了尘埃。

酒席过后，几个高阶军官争抢着派人去问："这美人是哪个院子里的？今天我要了！谁都别跟我抢！"

然而美人却悄然不见，仿佛她的出现，只是为了给这个奢华糜烂的酒席，注入一丝英姿飒爽的气息，提醒军官兵卒，他们的使命到底是什么。

韩世忠不能免俗，他满心都是刚才那个舞剑的美女。闷酒喝了一肚子，酒席结束之后，踉踉跄跄往回走。

面前忽然出现一个红彤彤的艳影。韩世忠军事素质过硬，立马酒醒了，亮出一双大拳头："谁？"

梁红玉双手捧着他的剑，盈盈行礼："多谢壮士赐剑。"

韩世忠有点迷糊，问："你叫什么？"

梁红玉反问："方才酒席上，壮士虽为功臣，却只是跟麾下弟兄们喝了几杯，并未与高官们共饮作乐。"

韩世忠心想她观察得还挺细，哈哈一笑："老子不耐烦！那些大官们一个个脑满肠肥的，根本不会打仗，只会抢老子功劳！依老子看，他们连你都打不过！"

梁红玉微笑："可是他们有权有势。譬如，奴家与姐妹们，今晚大约都会被叫去陪客，身不由己……"

韩世忠怒火往上蹿，问："哪个龟孙今晚要你陪？"

梁红玉挑眉："大约是先到先得吧。"

说着朝旁边一瞥。几个小侍女正匆匆走来，朝她喊："梁姐姐，王将军叫你……"

韩世忠往地下啐一口，变形金刚似的往路中间一站，吼道："先到先得！这个女人今天老子要了！谁要来抢，先跟老子打一架！"

当然，谁也没胆子真的跟韩世忠干一架，于是韩大老粗成功地抱得美人归。他把这次战斗的赏金都拿出来，给美人彻底赎身，把她带出销金窟。

这一年梁氏十九岁，老韩三十三。

在民间野史《鹤林玉露》的记载里，梁红玉的经历被夸张成了这样：说她有一次去官府陪酒，忽然看到一只老虎卧在墙根下打鼾。她非常害怕，赶紧跑到人多的地方。过了一会儿，鼓起勇气又回去看，发现老虎已不见了，原来是个小兵卧在那里。梁红玉深以为奇，知道这小兵不是凡人，回去跟妈妈桑商量，把这个小兵，也就是韩世忠邀来做客。“卜夜尽欢，深相结纳，资以金帛，约为夫妇。”

真实的历史当然没那么传奇。有些人就是能够独具慧眼，能在芸芸众生中，一眼锁定那个与众不同的灵魂。

变故

没多久，韩世忠原配过世，梁红玉被扶为正室。

话说在古代盛行的礼教法律中，妻就是妻，妾就是妾，以妾为妻是不合礼法的。贱籍出身而作为军官的正妻，更是离经叛道。

也许是北宋末年律法没那么严苛，韩世忠又不是什么豪门世家，所以扶正小妾毫无压力。但这也说明了两人的感情之深。

很难说这两人是谁先看上了谁。梁红玉固然是给自己找了个好归宿，但也靠老韩能从脂粉中识得英雄。这是一个互相选择的过程。

梁红玉确实也不是普通的营妓。她其实是出身于武将世家，原籍安徽，自幼跟父兄习练武艺。放在小说里，大概就是个武林世家娇蛮大小姐。

可惜她家道中落。由于方腊的叛乱愈演愈烈，官兵屡次征讨无力，她的祖父和父亲都因贻误战机，战败获罪，成了国家罪人，在军事法庭上被判了死刑（很难说是不是上面找的替罪羊）。梁红玉从此沦为京口营妓，负责陪伴官员们享乐。

韩世忠和梁红玉英雄惜英雄，他们都发现，自己在这一片歌舞升平的集体中格格不入。

看看，国家都乱成这样，人民生活水深火热，农民起义一波接着一拨，这些官老爷还有心思召妓取乐，大宋能不完吗！

果然，很快，大宋完了。

公元1127年，金国向大宋宣战，无敌铁骑长驱直入，宋军以各种姿势360度战败投降。金国很快占领了北方的广袤土地，并且把汴京城里的皇族们包了饺子，打包送去东北劳改营。

皇子赵构有幸逃脱追捕，在一群忠臣的护佑下，过五关斩六将，经历了过山车一样的疯狂大逃亡之后，落脚临安（今杭州），组建朝廷，建立南宋，史称宋高宗。

外有强敌不说，南宋朝廷内部也是摇摇欲坠，每天上演着分裂和争权的戏码。有人觉得应该北伐收复失地；有人觉得不妨偏安一隅；有人觉得不如投降大金国，再也不用担惊受怕；有人觉得武将们手上的兵太多，威胁到文官地位。

尤其是那个韩世忠，手握重兵的大老粗，爱憎分明，一点也不圆滑，也不会阿谀行贿，每次上朝都不给文官好脸色看。

还有那个岳飞，才二十多岁就屡立奇功，比那些老兵油子都要用兵如神，以后成气候还了得，最好趁现在赶紧打压他。

——这是南宋朝廷里不少人心里的小九九。

在这一片混乱中，韩世忠艰难地带兵打仗，逐渐成为抗金骨干将领之一。

建炎三年（1129年），韩世忠在山东附近带兵。梁红玉刚刚生下一个儿子，在临安大后方休养。

这时候出事了。

由于赵构重用宦官奸臣，引起行宫禁卫军司令苗傅的不满。他伙同刘正彦发动叛乱，把刚刚逃到杭州的赵构给幽禁了，杀了许多宦官，史称“苗刘兵变”。

这还不算，他们野心大大滴，不仅要“兵谏”“清君侧”，还打算迁都、废赵构、立幼帝……

外有金兵铁骑步步紧逼，皇宫里却酝酿着改朝换代。这简直是作大死！

消息传到山东，老韩跳上马就往南跑：“备船！我要回临安勤王救驾！”

可是叛臣苗傅也防着他，派人散布风声，说韩世忠的夫人和幼子已经被扣押成为人质，老韩你要是敢轻举妄动，别怪我们不客气。

老韩怔了半天，吩咐手下：“先屯兵在秀州（今嘉兴）吧。”

而在临安，梁红玉正抱着新出生的小儿子，没过几天少奶奶的生活，忽然乱兵闯入府里，把她全家上下都包围得严严实实。

梁红玉抱着儿子出来质问：“怎么回事？”

叛军挥舞着刀枪，不怀好意地威胁：“夫人，不好意思，奉圣上旨意，您这几天别出门乱走。”

梁红玉瞬间明白了形势。京城政变，自己和儿子已经被软禁成了人质。丈夫手握重兵，不敢轻举妄动。

她把孩子往摇篮里一放，自己往地上一坐，呜呜咽咽地哭上了："我怎么这么命苦啊——老天不公——老韩啊，你快来救我啊——"

不愧是有着烟花女子的职业经验，她这一哭，十分真实，梨花带雨，我见犹怜。

叛臣苗傅暗自窃喜：听说老韩娶了个伎女当老婆，今日一见，也不过是胆小怕事的弱女子嘛，有什么好忌惮的。

赶紧打着官腔安慰两句："在下并无意谋害夫人，只是你的丈夫，咳咳，那个……他手握重兵，却不听皇帝号令，在下十分为难啊……"

梁红玉放声大哭："别杀我，别杀我，我去劝他投降，老韩最听我的话了。我还给他生了个儿子呢。"

苗傅欣喜若狂。要是能把韩世忠争取到自己这边来，谁还敢反对他？

赶紧说："夫人若能劝降韩将军，在下感激不尽。"

于是让被挟制的皇太后出面，装模作样地封梁氏为"安国夫人"，又亲自给她备了马车，身边派了一队护卫，陪她去对韩世忠"劝降"。

梁红玉哭哭啼啼地上了马车。苗傅注意到："咦，夫人怎么还带着孩子呢？"

梁红玉面不改色，回："孩子还没断奶，我走了，你给喂？"

苗傅自己没有奶孩子的天赋，又想着梁夫人带着孩子，老韩看到娇妻幼子，肯定会心软投降。

“恭送夫人出城。”

马车慢慢地驶出临安。等马车进入人烟稀少的乡村，梁红玉叫道：“停车。”

车夫和护卫齐齐住脚：“夫人何事？”

梁红玉抱着孩子，从马车上跳下来，笑盈盈地说：“各位大哥护送辛苦了，我看剩下的路，你们就不必护送了吧。”

几个护卫愣了一下：“我们奉命护送夫人一路去秀州……”

话还没说完，几个护卫眼前一花，只见一道红影闪过，只听“哎哟”“啊呀”声音不断，树林里惊飞一群乌鸦。

梁红玉看着倒了一地的士兵，在裙子上掸掸手。

“啧，一个能打的都没有。”

她卸下车厢，直接上马，一手抱着还在熟睡的儿子，一手拎着缰绳，直奔秀州飞驰而去，身后一道烟尘。

她当然不是去劝降的。第二天凌晨，她就出现在了韩世忠的军营门口。面对众军兵掉了一地的下巴，她从容吩咐：“请韩将军来。”

韩世忠看到自己老婆孩子无恙，眼泪都快下来了。

梁红玉不跟他客气，直接把临安形势一五一十地分析了一遍。

韩世忠之所以不敢轻动，就是因为两眼一抹黑，不知道临安内部的叛乱到底糟糕到什么程度。听了梁红玉一番叙述，两口子一合计：这仗能打。

他联系了几个同样在外的武将，传檄天下，出发勤王。

苗傅、刘正彦稀里糊涂地发现兵临城下，这才绝望地意识到，政变不像史书里说的那么容易啊……

韩世忠攻入临安，赵构起死回生，握住他的手嘤嘤痛哭，亲赐“忠勇”二字。韩世忠成为救驾功臣。

至于梁夫人，也得到了赵构的亲口称赞，说她“智略之优，无愧前史，给内中俸以示报正”——让她和男性军官一样领军饷俸禄。这在北宋朝是十分罕见的。

这就是有名的梁红玉“飞马传诏”。韩世忠的女将夫人，从此红遍临安。

亲执桴鼓

在那个战争年代，不光男人们尽忠战斗，女人们也都参与着保家卫国，不止梁红玉一个。

比如岳飞的夫人李氏，出身闺阁，标准的贤妻良母一个，平时主要在家照顾老人带小孩，慰问慰问军属，研究军粮的二十种做法什么的。

可有一天，岳飞在外征战，李夫人得到线报，说留守的军官中有人阴谋反叛。李夫人不动声色，把老人小孩哄睡之后，立即悄悄联系军中的可靠将领，做好相应安排，而后自己出面，以“议事”为名召集众将开会，直接命令把叛将逮捕、审判、问斩。一军肃然，没有不服的。

等岳飞风尘仆仆地赶回来，看到老婆孩子无恙，火急火燎地问：“听说有人反叛？”

他老婆正眼没看他，一边逗孩子一边说：“让我正法了。审讯记录在那罐奶粉下面压着呢。”

岳飞："……"

而老韩这边，梁红玉作为武功超群的女侠，更不会甘心只做一个"贤内助"。

在有名的黄天荡战役中，韩世忠以八千水师堵截金国十万大军，宋金双方舟师在金山脚下展开激战，梁红玉身先士卒，登上十几丈高的楼橹，冒着箭雨，"亲执桴鼓"指挥作战，连续打退了金军的十几次攻击。

金将完颜宗弼（就是戏曲里的金兀术）被堵截在黄天荡里48天，缺吃少穿，连洗澡都成问题，十分狼狈。

但由于众寡悬殊，又没有陆军配合，以及一些调度失误，此战并未获胜。但韩世忠仍然得到皇帝的褒奖，加官晋爵，梁红玉也被封为"杨国夫人"。

后来，韩世忠驻扎楚州（今江苏淮安），暂时结束了南征北战的日子。梁红玉自然没有顺理成章地当官太太，而是积极参与了生产建设活动。

由于连年战乱，楚州当时已经遍地荒芜，残垣断壁，民众饿得眼发花。

梁红玉又施展出了她非一般的才能——发明了"织蒲为屋"的芦苇造房法，又发现了湖畔的蒲茎可以充饥，极大地缓解了百姓的饥饿和住房问题。苦心经营之下，楚州恢复了生机，又成为一方重镇，城高墙深，驻兵仅三万，"而金人不敢犯"。

然而梁红玉并没有看到大宋的胜利。据一些史料记载，1135年，也就是她三十三岁的时候，她与金兵交战时负伤而死。金兵取得她的尸体，又还回临安，以示尊重。

对于一个胸怀广阔的女将军而言，马革裹尸也许是她最好的结局。因为就在梁红玉战死数年之后，南宋对金国的外交政策发生变化，君臣开始苟且偷安，逐渐由主战变成主和。武将们一个个被剥夺权力，被以秦桧为首的投降派迫害屠戮。

岳飞由于战功显赫，首当其冲，被金兀术指名定点清除。这个跟梁红玉同龄的青年将领，被捕之后居然找不到任何污点——既不贪污，也不好色，也不冒领军饷，也没有居功自傲，跟朝廷其他官员的关系也都不错。最后秦桧无奈，只好用“莫须有”的罪名胡乱结案。

而韩世忠的主战态度跟岳飞不相上下，脾气比岳飞臭，大字不识一箩筐，每逢开口必骂娘，朝廷里树敌一堆，手底下兵也不少，原本也是定点清除的对象。

但也许是梁红玉冥冥之中保佑，韩世忠及时接到了岳飞的告急密信。

老韩戎马一生，脑子活络，急中生智，马上入宫面圣，举着自己仅剩四根手指头的手，老泪纵横，跟皇帝回忆当年“苗刘兵变”的惊险艰辛。

当年的一次勤王救驾，现在成了老韩的护身符。赵构回忆往事，也是一把鼻涕一把泪，嘤嘤痛哭，说爱卿啊你救了朕的命朕怎么会杀你呢？

韩世忠当年救驾之功，世人皆知。赵构脸皮再厚，也不敢明目张胆地给他判死刑。

韩世忠逃过一劫，但终究被剥夺兵权，提前退休，回到家乡，每天借酒浇愁，成了无所事事的摆设。

几百年过去了，当年的战火风云已成轻烟，然而梁红玉的传奇，却始终没有被遗忘。

人物小档案

梁红玉，生于1102年，宋朝著名抗金女英雄，出身武将家庭，后家道中落，沦落风尘。

梁红玉并没有因为沦落风尘而堕落，反而出淤泥而不染。后与韩世忠结识，成为夫妻。在平定苗傅叛乱中立下功劳，连夜传信，帮助韩世忠平定叛乱，因此被封为安国夫人和护国夫人。

第四部分

乱世红颜
我就是我，是不一样的烟火

第一章

愿得一心人，白首不相离
——能拿起，敢放下的卓文君

四海求凰

她一直都知道，他在对她说谎。

人都说司马相如从梁王处来，负绿绮，从车骑，雍容娴雅，气度翩翩；然为人内敛谦和，平日里不喜喧哗，往往称病不出，就连此次临邛令王吉与富户卓王孙一同设宴邀请，这位才子也执意推辞，以至于临邛令深为惶恐，到了不敢下箸的程度。

“相如不得已，强往，一座皆倾。”

宾主酣醉，临邛令踉踉跄跄地上前举杯道：“素闻长卿擅长鼓琴，如此美景良辰，何不奏上一曲助助兴？”

司马相如本名长卿，因仰慕古时名相蔺相如，故改之。

话音落时，在场诸人无不喝彩起哄，司马相如又是红着张俊脸，不住揽袖推辞。无果，他悠长地叹了口气，终还是取出了那把梁王亲赠的桐木名琴，横于膝上。

琴身通体乌黑，幽绿的暗光在丝弦下流溢，内刻铭文四字“桐梓合精”，自是无价珍宝。

只有无双的公子才配得上传世的名琴，他指尖拨拂，弦音起时，喧哗尽散，万籁收声。

“有美人兮，见之不忘。

一日不见兮，思之如狂。

凤飞翱翔兮，四海求凰。

无奈佳人兮，不在东墙。

将琴代语兮，聊写衷肠。

何时见许兮，慰我彷徨。

愿言配德兮，携手相将。

不得於飞兮，使我沦亡。”

琴曲尽，诗咏罢，久久沉醉的听众们如大梦初醒，争先恐后地敲碗赞叹起来，场面一时热闹喧天。

后世言唐有诗宋有词，而四百年大汉亦有赋，汉赋最佳者，首推司马相如，其琴音似仙人声，其辞藻似古人语。

如今曲谱早已散佚，但我们仍能从字里行间嗅出鸾凤翔云、四海求凰的瑰奇之美。人、琴、曲、赋俱在，那些有幸当场聆听的客人们彼时是何等惊艳，便不难想象了。

然而，那些赞叹之声就如涟漪过水，倏然无迹，司马相如耳边已听不见其他，他的注意力全部集中在那微动的帘幕处，空悬的十指下，奏罢的丝弦仍在细细鸣颤。

那弦绷在他心上，因为就算是他，也无法预料这出戏的结果。

帘幕后的卓文君一笑莞尔，静静回味着方才的天籁之音，以及那首专为她而作的千古情歌，“何时见许兮，慰我彷徨”。

许与不许，都在她的一念之间。

卓文君与未出阁的豆蔻少女不同，孀居而归的她将许多事都看得分明。

比如说，司马相如的身家并非像表面看起来这样光鲜，那些前呼后拥的车骑高轩八成花完了他的全部资财；比如说，他区区一介无主之士，并没有尊贵到要临邛令百般敬畏，这是两人早串通好的，目的不过是为了提高他的身价；再比如，传到她耳中那些溢美之词，也绝非无意为之，那些侍婢家人，多半都收了司马相如不少好处费……

可她还是愿意同他走。

为了见这一面，他用了多少小心机她不在乎，对方幼稚的自尊心她也完全能理解。

只要司马相如所做的这一切，是出于爱她的本意，她都可以全盘接受。

文君夜奔

卓文君想告诉司马相如，她开始仰慕他，远早于他所以为的“初见”。

那一日她偶然读到《子虚赋》的书稿，便如同于混沌尘寰中坐看天光破云，不由得对那位素未谋面的才子惊为天人、心向往之。

本以为天地浩大，此生无缘谋面，但命运就是如此奇妙，几年后的这日，司马相如竟转辕到此，并且是特为自己而来。

叫她如何不窃喜?

坐在蜀锦织就的帐幔后，她金钗斜簪，鬓如绿云，手旁瓜果美酒琉璃盏，盛的尽是富贵人家的寂寞闲愁。

婢子仆从嬉笑而过，客人们按照阿堵物堆就的等级落座，华堂绮院又如何？眼下无一味不俗，无一人能语，卓文君好音，然何人能解意？

百无聊赖地再次翻起《子虚赋》，她心中的孤寂苦闷难以复加，丹红指甲深深陷进锦帛里。

就在这时他来了，对她拨动《凤求凰》。

“愿言配德兮，携手相将。

不得於飞兮，使我沦亡。”

灵魂已脱离皮囊追随而去，卓文君找不到理由不去拉住那只手。她随他夜奔成都府，就如同困于樊笼的凰，势必要振翅飞向盘旋天际的凤。

凤凰者，非梧桐不止，非练实不食，群禽争抢的米粟于她而言，不过如浮云。

所以即便面对着家徒四壁的局面，她也没有叹一口气，抱怨上半句，反倒是司马相如，像是计谋败露般，甚至不敢去看她的眼睛。

有时她觉得男人蠢得很，她既然肯不顾名节地随他跑出来，若是当真在意钱财，自然也可以抛下他再跑回家去。

卓文君愿意留下来，是因为她从头到尾爱的，都是他的才情罢了。

这世间富贵者甚众，即便她不再嫁，阔绰如卓家也足够供养她一辈子，但司马相如只有一个。

于是她脱掉簪环，像一个普通农妇般，洗手做羹汤，余钱有限，她便省吃俭用，节衣缩食为相如买毛笔和书简；带来的衣物穿旧了，她便拿起针线缝缝补补，想方设法将日子维持下去。

须知由俭入奢易，由奢入俭难，可她并没觉得这一切不能忍受，甚至还从柴米油盐的日子里感知到了点滴幸福。

同仰慕的男人一起过日子，即便只是每日听他弹弹琴，与他说说话，都是可喜的，即使吃糠咽菜也值得。

可相如还是郁郁寡欢。

不久，娘家传来消息，父亲卓王孙听说了他们私奔到此的事情，大发雷霆，放出话来道："女至不材，我不忍杀，不分一钱也！"

卓文君捧着书信，心中痛苦不已。

爱人难以割舍，血浓于水的亲人又何尝不是呢？

长久以来积压的忧郁涌上来，泪水湿了眼眶，难得脆弱的她无助地望向丈夫，却见司马相如的脸色竟比自己还要苍白，甚至隐有愤色。

她这才明白，原来自己弃如敝屣的东西，是丈夫做梦都想捡回来的；原来即便自己能忍受，丈夫也是不愿意和自己一起受苦的。

"怎么不早说呢？"她不愿往坏了想他，"男儿总是要功名富贵的，心向云天，怨不得他。"

可又过了很长一段日子，司马相如还是没有提起这事的意思，他的脸色渐渐沉下去，家里的气氛变了，两人很难再好好说上话。

他的态度不冷不热，却像在拿钝刀子磨人心。

卓文君心思通透，琢磨几番便恍然，丈夫是体面之人，自然提不得这尊严扫地之事，只能她先开口。

"要不然……要不然我们就一同回临邛吧！"她对司马相如道，"回到临邛去，就算同我那些兄弟借债，也能勉强活下去，你何苦如此难为自己呢？"

司马相如紧紧回握住她的手，久违地笑了，口中言道："有妻如此，夫复何求"。

他一改往日的懈怠，迅速卖掉了家中车马，带着钱和她回奔临邛而去，就像他们当初私奔而来那样迫切。

荆钗布裙的卓文君重新站在故乡的街头，面对着紧闭的自家大门，望着经行而过的车马，忽然感到了一丝彷徨。

当垆卖酒

家中不肯接纳她与司马相如，他们就只好用手上的积蓄买下了间小酒舍，靠酤酒维持生活。

说是酒舍，不过是四面漏风的茅草棚子添上几张桌椅。

司马相如直言要妻子去当垆卖酒。卓文君大家闺秀出身，十指不沾阳春水，又生得貌美，要她跟着司马相如过艰难日子，操持家用，她全无怨言，但抛头露面，混杂在男人堆里卖酒，却难免羞愤。

司马相如话说完，就穿上犊鼻裈，头也不回地与酒保伙计们一同忙碌去了。

卓文君心知家境如此，容不得自己再多讲究，丈夫何等大才尚且亲自洗涮酒器，自己既然做了他的妻子，理当努力适应。

从此临邛一家酒舍中，常能看到她忙碌的身影，这位妍丽的少妇面容姣好，皓腕如雪，手脚却麻利得很，忙里忙外从不偷懒；热汗与酒味交织的晌午，醉醺醺的汉子们总想与老板娘调笑几句，反正看她家丈夫也是个文弱不济事的，但她却进退得当，举止大方，眼角眉梢间都是不容冒犯的凛然。

夕阳西下，嘈杂人群散去，文君疲惫地坐在酒垆旁，心中也有几分迷醉。

她已经多久没有听过一曲琴音了？

当垆卖酒的消息传到卓王孙耳中，他觉得女儿真是丢尽了自己的颜面，更耻于承认司马相如这种人是自己的女婿，整日闭门谢客，自觉没脸见人。

家中远近兄弟听说了这件事，都来劝他说：“咱们家已经有一儿两女，缺的哪里是给他们的那点钱呢？您再气坏了身体不值得，文君如今已失身于司马长卿，而那司马长卿虽然家贫，却也是个有才之士，还是县令的贵客，值得托付终身。您又何苦让他们夫妻俩受这样大的委屈？”

卓王孙虽气不过，但女儿到底是亲生，想她自小聪明伶俐，兼通乐理，从小被他掌上明珠般养大，怎忍心真让她与司马相如一直苦下去？

可这步台阶该如何下，也是个问题。

司马相如这个穷书生平白诓走了自己的宝贝女儿，若真把他请回来，做卓家的上门女婿，那不就等于自己向他低头？

思虑再三，卓王孙决定只拿出一点资产，用来改善女儿的生活，这笔钱是给文君的，与他司马相如无关，这样也不算失了他老人家的面子。

可司马相如不这样想，看着从卓家送来的银钱百万、仆僮百人，以及补上的嫁妆衣被，他几乎要被一夜暴富的欢喜冲昏了头，顿觉喜不自胜。关起门来，他与妻子笑说此事，频频感叹夙愿得偿，苦尽甘来。

卓文君却捧着崭新的嫁衣，好半天才绽出一抹笑来，那笑容里带着酸涩。

她比谁都要清楚，这点钱不过是卓家财产的九牛一毛，父亲是想把他们打发回成都，不要留在这碍眼。

不过丈夫心里高兴便好，他是人中龙凤，自然不该屈身于此，苦日子两个人都相携着一路走过来了，如今日子好过起来，她不愿扫丈夫的兴。

司马相如对此浑然不觉。

在他眼中，一条锦绣大路已然铺好，久久期盼的就是这一天终于到来，他早知道岳父不会坐视不理的。

如今目的达成，他锁上酒舍的门，一身华裳，浩浩荡荡驾车归家而去。

娇妻在侧，扬眉吐气，就只欠功名了！

琴尚在御

卓文君看人一向很准，司马相如的才华与自卑都清明地映入那双美丽的眸中，她敬慕他的才华，同时也体谅他的自卑。

司马相如小的时候便热爱读书，学习舞剑，志在千里，但双亲为了好养，却赋予他“犬子”这样的贱名。

多年后，“犬子”二字早被他易作了响亮的贤相之名，但有些东西是烙在骨髓里的。

初仕长安，司马相如踌躇满志，于升仙桥上挥毫写下：“不乘高车驷马，不过汝下。”

他用钱买了个武骑常侍的官来做，但景帝不喜辞赋，司马相如官也做得不痛快，始终郁郁不得志。

此时桥上墨字还未剥落，他正犹豫要不要灰溜溜地原路折返，幸而梁孝王来朝，赏识司马相如，还邀请他同到封地去。在此期间司马相如结交了不少名士，得赐那把绿绮琴，还挥毫写下了名篇《子虚赋》。

可好景不长，没过多久，梁孝王便离世了，一贫如洗的司马相如投奔好友临邛令王吉，这才有了两人那场命定的相遇。

原来凤并非翱翔在空，鸣以求凰，他只是折断了羽翼，连困住凰的樊笼都贪恋。

但文君知道，他总有一天会重新回到云端去的，贪恋樊笼也好，食苞谷果腹也罢，她的丈夫终将一飞冲天，扬名于天下。

司马相如没有辜负她的期望，那篇《子虚赋》确确实实是藏于砂砾下的真金，继位的武帝读过后，久久地感叹："朕独不得与此人同时哉！"

恰好献上此赋的狗监也是蜀人，忙上前应答道："陛下，这篇赋正是臣的同乡司马相如作的呀！"

被圈粉的武帝一听说此人尚在，顿时如获至宝，连忙下旨将他召来。

正在成都当地主的司马相如亦是欢呼雀跃，如鱼儿入水，连夜赶到了长安城，洗去一身灰尘，换上仪服落落大方道："正是臣所作，然而这篇所写，不过是诸侯之事，不值得一看，草民自请为天子做游猎赋，赋成便拿来上奏。"

新粉上的写手大大在线写文，汉武帝心里那叫一个畅快，亲赐笔札，司马相如终遇知音，一腔才情迸发而出，亦是文不加点，援笔便就。

况且赋这种文体本身就对辞藻和对仗有着很高的要求，极适合做溢美篇章。司马相如用尽了世间奢华形容，字字珠玑地将汉武帝的猎场一顿疯狂夸赞，著成《上林赋》。

而汉武帝也向来不是位喜欢低调的君主，气不顺了说打匈奴就敢打匈奴，并且相当喜欢听人溜须拍马，天生有一双擅长发现美的眼睛，君臣二人一拍即合。

司马相如就这么发达了！

发达到什么程度？

武帝当即便封他为郎，带着他出入猎场，每到一个地方就令他挥毫作赋，风头无两。

朝廷内外，无人不知汉武帝身边如今有位宠臣，并不通晓国事却备受圣上青睐，名流权贵趋之若鹜，就连后宫失宠的陈皇后也托他做《长门赋》，以求挽回君心。

司马相如日日浸泡在声色犬马中，也渐渐明白了，原来自己岳父给的那点钱根本算不了什么，况且他不只要钱，他还要名，他还需要被君主赏识，他还需要……

鲜活的美人。

及尔偕老

卓文君此时已经不再年轻美貌。

她老得要比同龄人快些，因为曾受过贫寒的苦，看着自己日渐布满皱纹的手，她总会想起拂晓时分便起来酿酒的日子。

酒糟气息扑鼻而来，烈酒浸得指甲泛黄，又辣又痛。

但她仍是骄傲的，因为她认定的丈夫司马相如没令她失望，他的才华没有被埋没，自己的坚持就是值得的。

人人都来向她道贺，就连曾将他们拒之门外的家人和亲戚们也变得热情起来，没有谁不羡慕相如派人送回家那些御赐的奇珍。宗祠里供奉着圣旨，皇帝还派他出使巴蜀，安抚百姓，甚为重用。

卓文君打从心里为他感到高兴，但这些多出来的器物并没让她觉得多荣幸。辱也好，荣也罢，她所钟情的从始至终都不过是司马相如之才罢了。

司马相如一定也是如此，毕竟自己并未在任何事上辜负于他，几十年来，她一直这样深信着。

直到那封信从千里之外的长安寄来。

熟悉的字迹，惯用的措辞，他说茂陵有好女，欲纳为妾；他说“一二三四五六七八九十百千万”，文君，睿智如你，应该明白。

这串看似无意义的数字便是著名的《两地书》，从一到万，唯独无一个“亿”字，无亿即无忆，弗论你同意与否，你我两地之间，至此再无相忆。

这话说得多绝、多狠，一点转圜的余地都不留给她，白头夫妻，只欠扫地出门。

相传卓文君曾回了封《怨郎诗》给司马相如，文体上来看，并不似当时人作，许是后人借她口吻，将卓文君的心声写得淋漓尽致。

她没有大哭大闹，找到长安去，效仿泼妇骂街，而是用这一连串的数字，写下了与对方截然不同的心曲：

“一别之后，两地相悬。只道是三四月，又谁知五六年。七弦琴无心弹，八行书无可传，九连环从中折断，十里长亭望眼欲穿。百思想，千系念，万般无奈把郎怨。”

那日我将你送别，两地再难同音讯，我本当你三四月便会回来，谁承想一等便是五六年。

不知长安城的你在想什么，是当真忙碌到抛却相思，还是早把家中妻子忘怀，我轻抚着你的绿绮琴，一时凌乱不成曲，提笔欲写封信给你，又担心你怨我多事，如今这九曲连环般的心思被你从中斩断，你难道当真不知我十里长亭，望眼欲穿？

若不曾不顾一切地爱过，何谈肝肠寸断，当年抛家随你夜奔之时，我怎能想到这份爱，会结成怨？

说千道万，卓文君要写下的不过是心中错愕，当我在相思不悔的同时，你竟要另结新欢，将我抛弃？

司马相如，人的心怎么可以硬到这种程度。

与君长诀

如果故事到这里结束，即便卓文君的怨再哀恸，再悲切，她也不过是又一个被狠心辜负的红颜罢了，但卓文君向来清醒，清醒到连顾影自怜都显得多余。

她要与司马相如离婚。

她想通了，女子对男子的无原则退让，理由无非两种，要不然是因为女子软弱愚蠢，但她卓文君是无视桎梏，敢于私奔之人，始终有着足够理智的头脑；那就只能是因为另一个理由，她过分爱他。

曾几何时，她以为这种爱是互相的，因为司马相如的琴曲太讨动听："愿言配德兮，携手相将。不得於飞兮，使我沦亡。"

她以为他们两个是情投意合、琴瑟和鸣的一对，如今看来，不过是她的一厢情愿。

对于司马相如来说，年轻时的她是一棵摇钱的宝树，而衰老的她不过是随时都能遗弃的敝屣罢了。

或许对于膏腴贵游来说，纳妾是最寻常的事，但她绝不能像那些妇人般忍气吞声下去，否则就无疑是认同了司马相如的轻慢，将自我都失去了。

而今凤鸟已慕繁华去，却要凰鸟抛去尊严，像野雉般依依相随，那与沦亡何异?

既然已无情，不如各自飞。

司马相如替陈皇后写的《长门赋》她也读过，多卑微啊，堂堂一国之母哀叹着："妾人窃自悲兮，究年岁而不敢忘。"

她拿出笔砚，将案卷推去，翰墨饱蘸，落下一首《白头吟》。

"皑如山上雪，皎若云间月。

闻君有两意，故来相决绝。

今日斗酒会，明旦沟水头。

躞蹀御沟上，沟水东西流。

凄凄复凄凄，嫁娶不须啼。

愿得一心人，白首不相离。

竹竿何嫋嫋，鱼尾何簁簁！

男儿重意气，何用钱刀为！"

她受够了扮演一个顺从愚蠢的贤妻角色，她要告诉司马相如，其实我什么都看得清楚：你的自私，你的虚荣，你粉饰的体面践踏在我们皑如雪、皎若月的爱情上，而我卓文君不再愿意做这段谎言的牺牲品。

她比历史上大多数女性，甚至现代很多女性都要勇敢，因为她需要对抗的不只是男尊女卑、不容逾越的封建婚姻制度，还有自己倾注了半生柔情的信仰。

她的心头挂着幅比天地更阔大的司马相如人像，他完美深情，志在四方，有着震古烁今的才华以及一腔孤掷的温柔，而现在她需要把一切都毁掉揭去，去正视背后那个并不伟大的男人。

她要亲口对他说出："我听说你有了二心，所以我来找你诀别了。"

你若无心我便休。

今日由她来先举起这满满一樽酒，明朝在宫墙外分离的时候，两个人就可以各走各的，再不回头。

你瞧那些新嫁娘，都在凄凄地啼哭什么?

她出嫁的时候连红妆和嫁衣都没有，又何尝掉过一滴眼泪。人这一生所求，不过是想寻个一心一意的良人，两人携手至白头也不分离。

你自恃之不世之才，我也是这样相信着的。

男儿行于世，最重要的便是"意气"二字，可你如今贪图那么多钱财，又有何用?

除此之外，另附《诀别书》一首，辞色更是铿锵：

"春华竞芳，五色凌素，琴尚在御，而新声代故!

锦水有鸳，汉宫有木，彼物而新，嗟世之人兮，瞀于淫而不悟!

朱弦断，明镜缺，朝露晞，芳时歇，白头吟，伤离别，努力加餐勿念妾，锦水汤汤，与君长诀!"

短短几句，何其巧妙，不知司马相如在阅读这封信时，有没有自惭形秽。

原本事事顺从、任劳任怨的妻子将他的劣根性毫不隐讳地指出，却无分毫失态，反而款款叮嘱他不要挂念自己，要努力加餐饭，这远比任何的嘲讽都要刻骨。

"无忆"与"勿念"，深情与薄情，以不逊于他的才情对比着写下，又在最激昂处以"长诀"终结，毫无留恋，让他不得不觉悟，卓文君真与自己再无干系。

后世人曾反复探讨，卓文君寄去此书，是否是想要挽回与司马相如的婚姻，因为就结果来看，司马相如放弃纳妾，两人重归于好，白头偕老，似乎是进行了某种妥协。

但请细读这两篇，前后无一处在乞求司马相如回头，字里行间写尽了决绝，并无半点卑微之态。

人是无法预知未来的，或许司马相如是从这封信中读出了卓文君的珍贵，或许他是想起了两人患难与共的时光，又或许他是怕未来落人口实，但在这之前，能确定的前提是，对方真的做好了离婚的准备，坚决到让他感到震慑。

卓文君不是要挽回这段婚姻，她不屑。

需要挽回的是司马相如。

但是去或留都不再重要，她已经赢了。

人物小档案

卓文君（公元前175年—公元前121年），原名文后，西汉时期蜀郡临邛人，汉代才女。中国古代四大才女之一、蜀中四大才女之一。

说起卓文君，不得不提到她的丈夫司马相如，还有《白头吟》，诗中为人熟知的经典名句，“愿得一心人，白头不相离”。

第二章

大义复国，至死无悔
——秃发王后的复仇之路

秃发王朝

当我刚看到“秃发王后”这个主题的时候，我内心是拒绝的，因为这种构词格式简直和“白雪公主”一模一样，真让我分分钟怀疑这本书的背景到底是中国古代还是安徒生世界……

谢天谢地，史料对她的记载并不是如何率领后宫众妃嫔研制出护发药方，“秃发”也并非形容词，而是“拓跋”的异译，是这位王后的姓氏，名字叫什么不知道，总之不秃头，而且血统优良，鲜卑族人，正统的南凉公主。

史载是她西秦昭王乞伏炽磐的唯一正妻，命运跌宕起伏，堪称女版哈姆雷特，是一颗被稗官野史所遗忘的乱世巨星。

看这些姓氏和国别族名就知道，当时的政局不是一般的复杂。江南江北被分割开来，江南是我们熟知的东晋王朝，江北则主要盘踞着五大胡族，胡族内部又划分出大大小小数十国，各色国名随便到像抓鳖抓来似的，大家互相打来打去，长年乱成一锅粥，而南凉便是其中比较强大的一支。

秃发王后父亲秃发傉檀是南凉景王，母亲是折掘王后，名副其实的天之骄女，整个南凉王朝的宝贝疙瘩。

而乞伏炽磐则是西秦国人，当时他还没当上君主，因母国被后秦打败，留在南凉做了人质。

接下来的发展大家都耳熟能详了。这个名字就非常天凉王破的大男主成功收获娇妻一位，两个人在一起过了三年的小日子，家庭和睦，岳父对这个女婿也是相当的慈爱。

一般剧情发展到这里，男主就要陷入温柔乡，乐不思蜀了，典型案例就是当年春秋五霸之一的晋文公重耳。

当年重耳的继母骊姬为了让自己的儿子继位，先逼死了太子申生，又要对他下手，吓得他不得不随舅舅一起逃往狄国，后来又辗转流亡到齐国。齐桓公采取了与南凉同样的策略，把宗室女齐姜嫁给他，用春天般的温暖把他扣留了下来。

这重耳也是个不争气的，白生得骈勒重瞳、王者之相，人家只给了二十乘马，就飘飘然慨叹着："人生安乐而已，谁知其它。"

齐姜夫人眼看着重耳堂堂一雄霸之才，就要老死在齐国，恨铁不成钢，这个气啊。

正赶上当时晋国内部动乱，是回国的好时机，跟随重耳的大臣们在桑树下密谋此事，凑巧被一蚕妾偷听到了。蚕妾忠心一片，心想着姑爷这是要跑呀，赶忙跑去通报给主子齐姜。

齐姜对蚕妾说，你报告得好，然后回手就将人家杀掉了，拎着重耳的领子警告道："现在事情已经这样了，公子您就别犹豫了，赶快走，水深火热的晋国还等着你去复兴呢！你再这样混吃等死是会遭报应的！”

结果重耳怎么说？他把脖子一梗，无比倔强道：“我不动，我必须、一定、就要死在这儿！”

无论齐姜怎么苦口婆心地劝，这位未来的春秋霸主眼皮一耷拉，不听不听王八念经，齐国这么好，打死我也不回晋国当炮灰。但齐姜也不是吃素的，好啊你不走，那就灌醉了扛起来走，重耳在美色和美酒的双重迷惑下现场缴械，等醒过来的时候，已经身在飞驰的马车上了。

此时他醒悟了吗？没有！他怒不可遏，拿着戈直指将他载走的舅舅大骂道：“这事要是成了也就罢了，成不了，我就把舅舅你煮来吃！”

齐姜冷眼旁观，在心里呵呵道，除了吃你丫还知道个啥？

反观我们的乞伏炽磐，不愧是背负着热血男主剧本的人，哪怕身边半个帮衬的大臣都没有，他也要跑。

他跑得非常干净利落，跟谁也没说，老婆也不带，穿不穿鞋都不确定，可能就是某个出恭的间隙，他就人间蒸发了。

小夫妻新婚宴尔，热乎劲还没过，秃发氏四顾茫然，一方面感伤于老公就这么离开自己了，另外一方面还要担心他会不会被抓回来处死。出生以来娇生惯养、从没受过委屈的金枝玉叶，一下让人家从守死寡和守活寡之间选一个，换谁能不腿软？

辗转反侧没几天，乞伏炽磐就不幸被抓了回来。当时南凉的国君、她的伯父利鹿孤毫不迟疑，叛逃贼子必死，这有什么好商量的吗？但秃发氏不干了，既然她不干了，她那位慈父就势必要出面，入宫进言道：“臣子逃归君父，振古通义，故魏武善关羽之奔，秦昭恕顷襄之逝。炽磐虽逃叛，孝心可嘉，宜垂全宥，以弘海岳之量。”

说的是，我女婿他虽然逃往他父亲那里去，但按礼法来讲，问题也不大，这和魏武王曹操不阻挠关羽去找他大哥，秦昭王释放楚顷襄王归国是一样的道理。就请您看着他一片孝心的分上，宽宥于他，来显示您的海岳之量。

这事想来也奇怪，明明五胡血亲相残的案例能写个几十万字，但他们在放掉漏网之鱼这件事上，却都表现得出奇仁慈，譬如苻坚不杀慕容冲。三十年河东三十年河西的传奇始终在上演。

秃发利鹿孤也并没有长记性。

他听从了弟弟的建议，没有让可爱的侄女变成寡妇，却也把更深的祸根埋在了南凉王朝的内部，果然没过多久，乞伏炽磐又逃了。

这一次他成功了。

跨国相会

话说这乞伏炽磐从南凉逃出来，直接去投奔了后秦的姚兴，他前后逃离了两次，没有一回同秃发氏打过招呼。

秃发氏想必委屈得很，丈夫为什么连这点信任都不能给自己，难不成夫妻一场自己还能泄密不成？在炽磐心里，这还真不好说。

古往今来，死在老婆手里的豪杰不计其数，倘若老婆是敌国人，那概率至少要翻一番，何况她还姓秃发，是利鹿孤的亲侄女。

像齐姜那般能将丈夫重耳灌倒，扔上马车送出国去的女人能有几个？小情小爱与家国之间，英雄如乞伏炽磐毫不迟疑地选择了后者。

没过多久，秃发傉檀便继承了兄长的王位，秃发氏成了名副其实的公主，但这并未让她感到多么幸福，她心中仍久久牵挂着离她而去的丈夫。秃发公主是聪慧之人，知晓丈夫的不得已，恩爱的往昔岁月犹在眼前，成大事者或许狠心，但她不相信他会绝情。

秃发傉檀看着掌上明珠日日茶饭不思，衣带渐宽，心疼不已，又探听到乞伏炽磐已在后秦做了大将军，便决定将女儿送到他身边，成全他们夫妻团聚。

秃发公主无疑是幸运的。她生于王室，却躲过了惯有的钩心斗角与冷酷无情；秃发傉檀虽贵为国君，却像一位普通父亲般慈爱温厚，永远在乎她的幸福，永远呵护着少女柔软的心。

与那些许愿“生生世世再不生帝王家”的王孙们不同，即便经过腥风血雨，命运无常，直到惨烈人生的最后，秃发公主定然都不后悔成为她父亲的女儿。

秃发公主告别家人，离开故土，也卸下了公主的桂冠，长长的裙摆拖在马车上，马车又辘辘轧过两国边界。她欢欣又紧张地踏上后秦的土地，不顾一切地去寻找分离几载的丈夫，甚至没有留恋地回头望上一望。

她不知道自己的余生，将再无法返回故国，因为数年之后南凉就被灭了，灭在她深深眷恋的丈夫手里。

义熙五年，乞伏炽磐之父乞伏乾归返回故土，西秦复国，炽磐被立为太子。更始四年，乾归又为侄儿所弑，炽磐平定叛乱，继承王位，秃发氏也顺理成章地成了西秦国君的王妃。

惊心动魄的动荡已经过去，西秦境内再无乱臣贼子。秃发氏本以为两人相携着经历了这么多，死里逃生挨到了今天，丈夫也终于坐上了一国之君的王座，接下来总该岁月静好，但她没有料到，丈夫的野心远非如此。

义熙九年，炽磐派兵讨伐吐谷浑，以雷霆之势连战连胜，最终俘获男女二万八千余人，《晋书》上称他“叱咤风云”。

次年，有云五色，起于南山，炽磐以为祥瑞，决定缮甲整兵，攻打王妃的母国——南凉。

亡国王后

乞伏炽磐对南凉心怀仇恨是最寻常不过的事。

尽管南凉以宗室女相嫁，但一个质子在异国的日子总不会好过，更何况他当时只是个失国质子，连生死都只在人家一念之间。对于如今已贵为国君的炽磐来说，这是永远难以抹去的耻辱，便如同秦始皇首先灭赵国，活埋四十万降兵一样，宏图霸业背后藏着细细密密的私仇。

他对群臣说：“吾今年应有所定，霸业成矣！”

载着这份理想，他默默等待时机，终于趁着岳父秃发傉檀西征附近小国乙弗，国内空虚之际，投剑而起，率步兵两万奇袭南凉乐都。

从战略眼光上来看，炽磐不愧为当世枭雄。形势危急，南凉军队来不及东合，太子秃发虎台孤立无援，只能依靠着城池据守不出，炽磐派兵连续发起进攻，在不到一个月的时间内，迅速攻下乐都，随后对手下大臣将士论功行赏。

追击秃发傉檀的精兵已经派出，星夜驰行；乐都这边，南凉国中，包括太子虎台在内的百官，连带着万余户百姓，都被迁往枹罕。

不知此时远在西秦王宫的秃发氏，心里是何种滋味。

她是南凉的公主，也是西秦的王妃，而她的丈夫却要杀死她的父亲，将征伐的铁蹄踏上生她养她的土地。

不管站在哪一边，她都是罪人，况且还有更迫切的问题要面对，覆巢之下，安有完卵，南凉灭了，乞伏炽磐还会不会容自己活下去？她已经猜不透了。

朝代更迭，部落吞并，陨落的亡国公主难以计数，如同春谢时的一场落花，化入春泥，再无踪迹，徒留后人凭吊。

历史再次戏剧性地印证了，只有希望才能真正摧毁希望。

不久后，败局已定的秃发傉檀向他的女婿举起了降旗，本可以当场杀掉他的炽磐也选择了退让，封他为骠骑大将军、左南公，连同随从文武都依照才能，各自在朝中擢以官职。

其中原委，与秃发氏有着多少关系，我们不便妄加揣测。史书毕竟不是小言，不会只以感情为轴，或许他只是为报傉檀当年的救命之恩；但对于这位越国相随的妻子，他终究没能做到无情，甚至称得上情深似海。

是年十一月，西秦王乞伏炽磐正式册封已失其国的秃发氏为王后。

升恩斗仇

秃发傉檀抵达西平时，乞伏炽磐特遣使者郊迎，以表其恭敬，秃发王后这才长长地松了一口气。

但风波并未就此过去，傉檀的慈爱能打动女婿一人，却并不能打动西秦一朝，他带来的文武们与国内大臣同朝为官，虽共列朝班，但其中却隔着灭国大仇，这个日渐强大的王朝金字塔顶端，一时间人心惶惶。

不断有朝臣进言：南凉旧臣抱有异心，企图颠覆社稷。更有甚者，直接将矛头指向了秃发王后的父亲，言道：国君尚在，怎么能肯定他们不会纠集起来，重新复国呢？

众口铄金，积毁销骨。炽磐长年征战四方，无时无刻不在担心国内会不会有所变动，况且西秦的重新崛起本身不就是最好的例子吗？

秃发皇后眼见大事不妙，连连向丈夫保证家族的忠心，并乞求他就此放过父亲，哪怕就念在父亲曾从利鹿孤手中救下过他，也不要急着痛下杀手。

秃发王后对炽磐的爱如此深沉，不惜平山跨海，而炽磐也自知自己对妻子亏欠良多。直到此时，她的心还是热的，对丈夫抱有无尽的希望，只要他能就此收手，灭亡南凉的仇她都可以不记恨，他们一家人仍能像在南凉那般，在西秦好好地过日子。

炽磐点点头，抚摸着妻子的长发，秃发王后跪在他脚下，已然泪流满面，他怎么忍心伤害她呢？当年流落南凉，他只是个狼狈的异乡人，但年轻的妻子却把全部真心给了她，能在南凉立足全赖她和岳父的庇护。如今他已是一国之君，反过来再去庇护他们，又有何难？

秃发王后背对着丈夫，卸下几日来的疲惫，终于睡了个好觉。但炽磐此夜却噩梦连连，醒来后他望着妻子的睡脸，满身冷汗浸浸，终觉高处不胜寒。

报恩，报恩，报到何日才是尽头？恩人在上，他又该把君威置于何地？

这种焦虑与日俱增，一年后的某天，最后的柔情终于被抽离，他决定改变主意，一了百了。

秃发王后赶到的时候，一切都已经晚了，御赐的鸩酒已经被饮下，秃发傉檀躺在床上，绝望到有几分安详。

她无助地跪倒在床边，眼看着父亲嘴唇乌紫，气息越来越微弱，赶忙疾呼太医救治，要替他解去毒性，但父亲却用宽厚而粗糙的大手拦下她，在她的泪光中艰难道："吾病岂宜疗邪？"

不是不能治，而是不"宜"治，傻女儿，要我命的是这个国家的君主，他铁了心要我死，我岂有能活的道理？一杯鸩酒也算体面，我此时不咽气，恐怕还要带来更多的祸患。

他是南凉的英雄，驰骋一生，在腥风血雨中依然保持着从容和仁爱；他是宠溺女儿的父亲，是爱护子民的王，却最终死于女婿的一杯毒酒。

尸体慢慢冰冷，秃发王后脸色苍白，低低哽咽许久，忽发疯般扯落满头珠翠，披散着一头蓬发号啕大哭起来，那哭声仿佛压抑了经年。

这一刻，她又变回了那个爱与父亲撒娇的小女孩。

可她的父亲已经不要她了。

复仇联盟

秃发皇后终于开始恨她的王。

如今她没有国家，没有父亲，也再没有了丈夫，生命中所有的爱与信任灰飞烟灭，连心也变得冷硬无温度。

她不再见他，即便知道他娶了自己的妹妹，也未去道贺。宫中传言，炽磐与那位左夫人恩爱有佳，甚至有妃嫔开始议论说左夫人与王后都出身秃发家，极有可能取而代之，而纷纷跑去巴结，她却依旧无动于衷。

秃发王后永远也忘不了那一日，将军府晦暗的房室内，父亲眼中的光彩一点一点散去，她心头簇起的那团希望，也顷刻四散，再难复原。

她恨自己为何没生为男儿，可以举起旗帜率军复国，她从不爱权势，只是想一剑刺向乞伏炽磐的胸膛。

很快，她的兄长虎台便做了她梦寐以求的事。河西王蒙逊派遣使者，与秃发虎台密谋，许诺分给他番禾、西安两郡，并借兵助他报杀父之仇，一举复国。

秃发虎台偷偷应允了蒙逊，但谋事不密，消息提前泄露了出去，他只好就此束手，不再谋划此事了。

乞伏炽磐屈尊亲自将此事告知王后，或许是想证明自己除掉秃发傉檀不是全无道理，却换来一抹无动于衷的冷笑，那神态仿佛在说：事已至此，要杀要剐，悉听尊便。

炽磐没有杀也没有剐她，因为即便她是意图谋反者的亲妹妹，但她更是曾与自己甘苦与共的发妻，史书上记载“炽磐待之如初”，我不敢说这其中没有隐忍的爱。

秃发王后并没有感恩他的高抬贵手，结发一场，没有人比她更了解乞伏炽磐。他从少年时便野心勃勃，中年已过却仍未收敛，辽阔的土地，高枕无忧的生活，以及妻子的谅解，他什么都想要，不过是本性里太过贪婪罢了。

既然如此，她索性前嫌尽释做回他的妻，放任他的贪婪，成全他一场经年的大梦，梦里是南凉的无际草原，少年斜坐在马背上，为少女吹一曲对月的笛。

另一方面，曾在乐都兵败如山倒，又谋划复国不成的秃发虎台此刻已经心疲意懒，庆幸于炽磐看在妹妹的分上，还能让自己捡回一条命，同时又开始深深后怕。

但该来的总归躲不过，正当他以为事情都已悄然过去之际，从宫中来的一封密信打破了表面的平静，信是王后亲笔，上书："秦本我之仇雠，虽以婚姻待之，盖时宜耳。先王之薨，又非天命。遗令不治者，欲全济子孙故也。为人子者，岂可臣妾于仇雠而不思报复乎？"

即便跨越了漫长的岁月，我们还是不难从字里行间感受到秃发皇后在写下这几句话时的激愤与仇恨。那个左右为难的柔弱妇人已经死去了，她把自己变成了一把复仇的尖刀，明明白白地告诉哥哥，我与乞伏炽磐再无牵绊，我与他仍维持着婚姻关系只是一种权宜的苟且，以待时机。

她将"仇雠"反复写了两遍，南凉国之灭，本就已是不共戴天之仇，是她仍残存幻想，不思悔改；待到父亲被害死，她才真正意识到，为人子者，此仇不报，何以为人？

秃发王后拉着哥哥的手，帮他回忆起父亲惨死的情景，它已如魔咒般灌注在她的每一寸血脉里，化作躯体的一部分。

"他老人家做了一辈子好人，却没能善终，明明还有救治的可能，临死前最后一句话，却是叫我们不要救他，为的是什么？还不是为了保全我们这些子孙后辈的性命？"

那他们做儿女的该当如何呢？难道真的赖着他老人家靠死亡换来的性命，苟活一生吗？

她做不到。

千古悖论

经过这么多变故，秃发王后不由得变得谨慎起来，她叮嘱虎台一定不能像上次那般，再度走漏风声，否则他们这些人谁也别想全身而退。

秃发虎台吸取教训，暗暗在宫外部署，联合了武卫将军越质洛城共谋，秃发王后则负责稳住宫内局势，寻找恰当的机会。双方里应外合，配合得天衣无缝，而他们的目的很简单——杀掉乞伏炽磐。

比起传统意义上的政变，这次行动单纯得多，秃发家的兄妹二人与其说是要复国，不如说只是为了复仇，尤其是王后，她完完全全赌上了自己的一切。

所以当御前近卫冲入宫殿，将她抓获的时候，孤注一掷的秃发王后几乎崩溃，她拼命挣扎着，瘦弱的身躯被死死按在地上，就像一头负伤的母狮，直到看见虎台等十余位主谋也全部被擒获的时候，她才终于垂下了头颅，自嘲地笑出了泪。

她在乞伏炽磐身边看到了她的亲妹妹——他们之中的泄密者。

那个相貌与她有几分肖似的女子疏离地望着她，身子无意地往乞伏炽磐身边躲。关于这位左夫人秃发氏的动机，我们不得而知，或许是因为嫉妒，或许是因为爱，抑或二者兼有，但可以确定的是，在家国之恨与小情小爱之间，她选择了站在丈夫那一边。

泪水滑过秃发皇后的鼻梁，她想问问苍天，为什么这一生自己永远都是不被选择的那一方？丈夫也是，妹妹也是。世事总被放在天平两端，挑来选去，唯有她最轻。

当初炽磐屡次不辞而别，渴望被信任成了她心中抹不去的一种执念，所以她始终不愿意去怀疑亲人，最终却败于一场告发；她曾经为了爱情甘愿放弃整个国家，在一次次被丈夫伤透了心后，才决定筹划复仇，以身许国，却意外死于妹妹的爱情。

信任与泄密，家国与爱情，秃发王后的故事就像一个永恒的悖论，任后人如何思索探秘，都缠绕着一个个永远难以解开的结。

这场事变的最后，秃发王后与同谋者皆被处死，大逆之罪向来不可饶恕，即便炽磐再容她一次又有何意义？夫妻之间已是陌路。更何况妻子的执拗，炽磐同样也清楚，赦她一次，她便会再来杀自己一次，不死不休。就像在后秦时，他曾惊喜地望着妻子拖着长裙从马车上下来，内心明明触动得快要落泪，却还是点着她的额头斥了声“倔婆娘”。

左夫人有功，但仍是左夫人。那个叫他又爱又恨、满怀不舍的女人已经不在了，即便是同样的姓氏，相似的相貌，有资格坐在他身侧的，天地间只一位。

在她死后，乞伏炽磐终其一生，再未立后。

人物小档案

秃发皇后，姓秃发氏。十六国时期南凉景王秃发傉檀的女儿，西秦文昭王乞伏炽磐的皇后，也是乞伏炽磐唯一的一位正妻。

身为南凉公主，她少时钟情于西秦大王。而乱世之中、国仇之下岂容私情，南凉毁于西秦大王之手，南凉大王被逼而死。她不解、悔恨，终是熬不过爱情与仇恨的折磨，于痛苦中爆发，身死魂灭。

第三章

乱世之中，不一样的精彩
——芳华绝代、风骨犹存的秦淮八艳

自古以来，金陵城，尤其是秦淮河畔一带，总有不同寻常的意义。那里昔日是王谢两家的豪门深宅，门前车马若市，往来冠盖云集。河畔一侧矗立着江南贡院，这里是科举考试南方会试的总考场，等同于鲤鱼跃龙门的龙门。而一水相隔的对岸的旧院、珠市，也同样引人注目。

那里曾云集着大明朝最著名的教坊，最出众的伎女。

明朝末年，若在那儿还挑不出一位姑娘，普天之下别地也不用再去选了。考生们来到秦淮河畔，眺望两岸，既梦想着“金榜题名时”，亦沉醉于“洞房花烛夜”，人生两全。

当时的旧院里，有八位出尘绝艳的传奇女子，脂粉堆里来，红尘中去，凭才艺样貌，挣成八颗明珠，被称为“秦淮八艳”，亦称作“金陵八艳”。

气胜男儿柳如是

柳如是原名杨爱，幼年就被卖到了勾栏里。才十四岁，就被周老爷买回家去，强纳为妾。

这周老爷是个出了名的浪荡老男人，家中妻妾无数——在这种环境下，典型的宅斗戏码显然要上演一百遍。杨爱好似小绵羊入了虎群，每天只有被迫害的份，不到一年，差点死了。还是周家老夫人疼爱她，将她逐出周府，保其性命。

逐到哪去了？也没多好，卖去娼家了。

杨爱做了伎女，同时自个儿做主改了名字——由“杨”变“柳”，不要搁于小情小“爱”，要向宋代的爱国诗人辛弃疾那样，“我见青山多妩媚，料青山见我应如是”。

你好，从今天起，世上没有杨爱，只有柳如是。

生存环境更糟糕了，但独立自主的人格却从此建立。

柳如是在勾栏里做的第一件事，不是涂脂抹粉招揽顾客，而是着常衣儒服、飘巾大袖，与宾客纵论天下大事、家国兴亡，做一位女中儒生。

而且这一举动也得到了当时名士们的肯定，平时见面都不喊她“柳姑娘”或“小姐姐”，而是尊称一声“柳儒士”。

那柳如是不是就只会高谈阔论了呢？

并不是。

章台里的那些基本操作，她都是熟练掌握的。首先，样貌姣好，准确来说是惊艳。其次，诗词歌赋，弹琴跳舞，无一不能。“分题步韵，顷刻立就；使事谐对，老宿不如。”而且她还喜欢喝酒，这点上与宋代女词人李清照有异曲同工之妙：李清照酒喝多了，是挥毫而就，千古绝句；柳如是酒喝多了，是语惊四座，慷慨激昂。

她从不聊闺房言语和八卦，说的都是抱负情怀。

所以有一颗男儿心的绝色美女柳如是，在择偶一事上也并不拘泥小情小爱。咱们柳儒士、河东君（柳如是的另一称呼），选男朋友是不着急的，不会因为自己年纪大了，或是对方有房子车子，就急着以身相许。她想寻觅的男朋友，是能助力、能同她一起实现政治抱负的——所以其实更像是在寻觅创业伙伴。

什么抱负？创什么业？

柳如是前半生所处的时期，是大明崇祯年间。我们都知道，崇祯是亡国之君，煤山歪脖子树上吊死的那位。所以我们柳如是的抱负是救国。救国需要钱力和物力，拉投资的路上很是艰辛，所以要做柳如是的男朋友，那一定要背景过硬，能为她背书的。

一开始，柳如是相中了陈子龙。这位优质男士与柳如是年纪相差不大，自个儿是明朝官员，抗清武装组织的leader（领导者），而且人家还会写诗作词，不是那种理科直男。陈子龙写词写出一个“云间派”，写成了“明代词人第一人”。

这么好的如意郎君，可不能放跑了！

柳如是是这么想的，也这么深深陷入进去了。毕竟世界上两人相遇的概率是0.0000001%，而这两人成为朋友的概率只有0.000000005%，要成为完全契合的伴侣，那就更难了，概率大概还要再除以成百上千。

可惜，陈子龙已有妻室，而柳如是风骨嶒峻，不甘做妾屈居人下，终是拂袖而去，连理梦碎。

明亡，战争爆发，陈子龙抗清事败，清军派出五百人追捕，并成功捉住了陈子龙。五月十三日，陈子龙在被押往南京的途中趁乱逃跑，投水殉国。清军将尸体捞起，残暴地凌迟斩首，再重弃回水中。

回到柳如是这边。与陈子龙分手后，柳如是甚是伤心。睹物思人，便想暂时离开伤心之地，就去往浙地西子湖畔疗愈。

在西湖岸边，本是无意，柳如是去听了一场讲座。

主讲人是钱谦益，东林党的领袖，曾经的礼部侍郎——现在被革职了。

削籍还乡，钱谦益就在西湖边的水榭里讲讲怎么报效国家，用什么方法。远庙堂然心犹在，钱谦益自己讲得慷慨激昂，底下学生们听得也是热血沸腾，会后纷纷找他合影留念加要签名。

但其中有一位青年，却反其道而行之，她没有找钱老要签名，反而把自己的签名递给他。

这种好特别好不一样的方式一下子就引起了钱谦益的注意。

这位青年，就是女扮男装的秦淮名妓柳如是。

柳如是知道自己的身份被揭穿了，亦不藏着掖着，直接向钱谦益袒露了爱意。

西湖的风是暖的，此时正值春天，风里更是带着一丝丝花香和柳树叶香，花的浓烈与柳树的清新糅合在一起，在钱谦益心里迸发出最火热的情意。他望着眼前的少女，理应称作少女，不仅仅因为她只双十年华，还因为在经历沧桑和浮尘后，她仍有一双灵动的、炙热的、充满希冀的眼睛。那是饱经苦涩后仍不放弃的理想，受尽磨难后仍愿相信的美好。

这正是被革职的、年逾花甲的钱谦益所需要的。

他同柳如是坠入爱河，在这西湖边上，一颗心涟漪万千，正如不远处的湖水波光粼粼。

西湖爱情，不仅有许仙和白娘子，还有钱谦益和柳如是。

所以下次去游览西湖，记得走完了断桥，再去旁边水榭走走，一趟行程，悼念两对爱人。

钱柳之恋，在外人看来，有很大问题，有许多问题。

但对于两位当事人来说，二十三岁与五十九岁，年龄差距大？不是问题，她柳如是仍心甘情愿嫁他。士大夫与伎女，阶层鸿沟深？也不是问题，他钱谦益明媒正娶，以正妻之礼迎柳如是过门。

惊世骇俗的婚礼办得盛大，但却是不被祝福的。因为钱谦益声望非常，多少读书人视其为仰望对象，然而钱老却不顾礼法迎娶如是。一时哗然，许多人不能接受，打心底觉得钱谦益不可能做出这样的事，按照现在的话讲就是“人设崩塌”。

所以，那天沿路上有许多人往迎亲的队伍丢石头。

柳如是和钱谦益却仍不管不顾，觉得被扔石头不过是世俗偏见罢了。老夫少妻的誓词同样离经叛道，钱谦益说，他爱柳如是的“乌黑头发白个肉"，柳如是狡黠回应，她爱他的“雪白头发乌个肉”。

卫道士们原地吐三升血。

钱谦益甚至为柳如是造了一栋绛云楼，老夫少妻诗书相对，好不惬意。不久后，钱谦益还被重新启用为礼部尚书。

但家国动荡，好景总是不长。不久后，明亡了。

清军兵临金陵城。

不知道是不是受前男友陈子龙的影响，出于对国家的热爱与追随，柳如是第一反应是投水殉国，并且约好现任老公钱谦益。

钱谦益一口答应，说人生自古谁无死，大丈夫许国万死不辞。

于是，那日的夏夜，柳如是划来一只小船，先靠岸载上钱谦益，然后摇到湖中央。钱谦益提起袍子做好准备，柳如是以为他要跳水了，哪知道钱谦益伸了一只脚在湖面探了三秒，立即缩回。

钱谦益向柳如是感叹："水太凉了。"

炎炎夏日，他说水太凉了。

翌日下了一场暴雨，钱谦益在大雨滂沱中打开城门，带着满城官员出门向清军投降。

又过一日，钱谦益同柳如是道："天热，头痒得很，我去做个头发。"回来时剃了前面头发，留了条辫子。

再往后，钱谦益北上做清朝大官，柳如是则留在南京，夫妻渐行渐远。

直到数年后，钱谦益遭受牢狱之灾，众叛亲离时，柳如是才挺身而出，多方奔走营救，甚至上书陈情，愿意代为一死。

恸哭临江无孝子，从行赴难有贤妻。

这趟从牢里出来，钱谦益想明白了，这官做得真没意思，丢弃的名节其实更重要，便辞官归乡，暗中复明。而柳如是则一直陪伴在钱谦益身边，相扶到老。

中国现代久负盛名的历史学家，与梁启超、王国维并称"清华三巨头"的陈寅恪，曾愿意花费数十年时间，用上百万字著成一部《柳如是别传》，认为柳如是是自己的异代知己，仰慕景仰，自愧弗如。可见柳如是的魅力。

傲骨聪慧李香君

香君的身世亦坎坷，她家里曾经是做官的，获罪后沦落娼门，由养母李贞丽收养。

李贞丽也是位奇女子，年轻时名动秦淮，“五陵少年争缠头”的那种。李贞丽赚了许多钱，按照干这行的常理，此时一般都是找个好人就赎身嫁了吧！但李贞丽却偏偏不找人，更不嫁人，她觉着男人都靠不住。那赚得黄金满钵做什么用呢?

李贞丽买了一栋媚香楼。

投资买房！可以说是非常有眼光了。

所以自小跟着养母长大的李香君，耳濡目染，言传身教，也非常有决断力，既豪爽又风雅。史书里说香君“身躯短小，肤理玉色”，就是矮而白，按照今天的审美应该是萌系。然而香君虽萌，内心却是很御姐的。

柳如是二十三岁才遇见钱谦益，李香君比她早了许多，十六岁就遇着良人侯方域。

侯方域的父亲是明朝的户部尚书侯恂，世家公子哥，不仅自个儿倜傥多才，还是当时一批青年才俊的领袖。可以说是完美无缺，别人家的孩子了。

但这侯方域有唯一——个缺点，他年岁尚轻，还未参加工作，钱都是大官爸爸给的。

梳拢（古代指妓女第一次接客伴宿）是需要付一笔丰厚的彩礼给鸨母的，显然侯爸爸不会给儿子提供这笔资金。

但梳拢那天，侯方域却带来了大笔资金，仪式进行得顺顺利利。是夜，侯方域送给李香君一柄祖传的扇子，象牙骨白绢面的，价值不菲。香君亦感侯郎情深。

然而不久后，李香君却得知，侯方域那笔钱，是阮大铖赠送的，想借机拉侯方域入僚。阮大铖这个人，人品低下，奸臣之属。香君不由得怒骂侯方域，并将身上首饰统统摘下，变卖得钱，让侯方域把钱还给阮大铖。

阮大铖自此记恨，先是栽赃侯方域，使他不得不逃往扬州，而另一边则逼迫李香君另嫁高官。李香君誓死不从，一头撞向柱子，血溅定情诗扇。

那血染在扇上，好似桃花朵朵，桃之夭夭，灼灼其华。

这事在五十年后，被孔尚任写成了名剧《桃花扇》，全国巡演，连当时的皇帝康熙都看过呢！按道理那时闹文字狱，一旦提到前朝多有灭顶之灾。但康熙帝看完《桃花扇》却并未处罚孔尚任，兴许是被李香君的人格魅力所打动吧！

人气担当陈圆圆

秦淮八艳里，知名度最高的，当属陈圆圆。

三位明末清初的大佬崇祯、吴三桂、李自成先后同她有丝丝缕缕的联系，这题材本就吸引人，再加上大批量影视作品的改编，令故事更富有戏剧化，流传甚广。

“恸哭六军俱缟素，冲冠一怒为红颜。”吴三桂为了陈圆圆，叛明引清军入关的诗句，总是这么英雄气短、儿女情长，甚至有一丝丝香艳。

柳如是的样貌是英气，李香君是萌系，陈圆圆则不同，“容辞闲雅，额秀颐丰”，天生大家闺秀风。而这位本该藏身闺阁的女子，早早就被姨夫卖进娼门，并且在少女时期就同冒辟疆私订终身。

冒辟疆是“明末四公子”之一，四人男子组合里还有一位是前头提到的侯方域。

然而生活总要虐一虐，国舅爷替皇帝来江南选妃。

替哪位皇帝?

崇祯。

崇祯：你们可拉倒吧！朕的大明都要亡了，还有心思做这些！

当时国舅从秦淮八艳里挑了两位献给崇祯，但崇祯没这个心啊，于是其中一位陈圆圆，国舅就转赠给吴三桂了。

吴三桂当时任职辽东总兵，手握军权，替天子守国门。他对陈圆圆是一见倾心，天雷勾动地火，立即纳为妾室。

纳妾是在北京城纳的，新婚不久，吴三桂就回辽东继续上班了——毕竟婚假就三五天。

可北京城这边很快就出了岔子。李自成带着农民军攻进了城，闯王来了不纳粮，李自成住进紫禁城，他的心腹刘宗敏垂涎陈圆圆美色，将其强抢为妻。

这一下子惹怒了吴三桂，夺妻之恨不共戴天，他决定喊个帮手来一起教训姓刘的。便引了清军入关，加速了明朝的灭亡。

而陈圆圆则重回吴三桂怀抱。

吴三桂这时做了云南王了，带着圆圆回封地，欲纳其为正妃。陈圆圆却不乐意，觉着吴三桂独霸云南后穷奢侈欲，已经不再是她认识的那个吴三桂了。

于是，陈圆圆搬进了离吴三桂的寝室十分远的一栋小楼，再往后，更是看破红尘出家了。

都说吴三桂引清兵入关是“冲冠一怒为红颜”，但这个理由现在来看，显然是借口。依照当时局势，崇祯已经倒了，李自成军进入北京后集体腐化，吴三桂看出只有投靠清军才有出路，便趁机做了政治投机。

而陈圆圆，不过同褒姒、妲己一样，空担了“红颜祸水”的虚名而已。

浪漫情调董小宛

咱们前面提到，冒辟疆曾同陈圆圆有一段姻缘，后被强权拆散了。

那后来冒辟疆怎么办?

心碎，难过，是不是痛苦万分?

并没有。

让大家失望了，冒辟疆并不是一个痴情种，他很快就从失意中走出来，重新爱上了另外一位秦淮八艳——董小宛。

说到这里还有个小插曲，陈圆圆要去北京城的前一晚，曾向冒辟疆求救过。你猜怎的，冒辟疆笑了，说他来见她，不过是“路梗中无聊闲步耳”。嘿，我散步散你这来，你动情可以，别当真啊!

所以陈圆圆被夺走后，冒辟疆跟个没事人似的，又散步到另外一位秦淮八艳——董小宛那里去了。

所以这个故事对于陈圆圆又叫《我闺蜜和我前男友的爱情传奇》。

董小宛与冒辟疆，最初的相遇平平无奇，她并没有和眼前这位冒公子看对眼。爱情的转折在许久后才出现。

那时董小宛的母亲病逝，再加上家国动荡受了惊吓，她一病不起，奄奄一息，那阵子大家都以为董小宛要仙去了。冒辟疆听到了这个消息，匆匆赶来，衣不解带地照顾董小宛。

患难见真情，从那之后，董小宛就认定冒辟疆了。

但是，她是主动的，真性情的，认定的；他却是懦弱的，被动的，随便撩撩的。这段爱情，一开始便是不平等的。

冒辟疆和董小宛度过了一段愉快时光后，照例准备开溜。乘船往西，董小宛来渡口送别，突然就抓住冒辟疆的手，说要随他一路，送送他。

冒辟疆写自传，说自己当时是“却不得却，阻不得阻”，要随我，那就跟着呗。船行一路靠了岸，董小宛指天发誓：“我这一趟如江水东下，再也不会回秦淮去。”

冒辟疆一听，当即脸色就变了，扯了一堆拒绝的理由，什么家事琐碎，没办法给董小宛还债赎身，自己还要考试，等等。

董小宛不听，就是要跟着他。

冒辟疆只好硬着头皮许诺，他先准备考试，到时候带她一起去赴考，再做打算。

说说而已，哪晓得临近考试，董小宛真托人来问了。冒辟疆头都大了，背着小宛独自去考试了。

考完试出考场，冒辟疆听见有人在喊他，一瞧，董小宛。冒辟疆与她攀谈几句，找个由头，又把她甩了，据说是“冷面铁心，与姬诀别”。

董小宛却不气馁，主动找到好姐妹柳如是，由钱谦益出面替她赎身。

赎完身，董小宛主动找到冒家，嫁进冒家。

一代名伎嫁了人，瞬间秒变全能妇。

九年来，家里上上下下，里里外外全是董小宛打理，她辅佐冒辟疆著书，帮着冒妻做女红（对，冒辟疆是有老婆的）。

风尘艳名，非其本色。智慧才识，种种始露。

命运总是给予热情生活的人以好的回报。董小宛主动追求的爱情获得了好结果，冒家上下十分认可董小宛。董小宛得以有机会与冒辟疆共坐画苑，春赏花，夏品茗，秋冬品鉴金石。

浪漫的她，把生活过成诗。

董小宛喜欢画画，画一小丛冬日森林，笔墨楚楚动人。

董小宛喜欢读书，有时候读到悲剧故事，不自觉地潸然泪下。

董小宛喜欢写作，一扇窗户、一只象牙……这些她都能写成小诗，俏皮可爱。

明朝有位大书法家叫董其昌，2013年他的书法作品拍卖市场价是100万一尺（一尺约等于33厘米），什么概念呢？买一幅董其昌的字，需要6000万到8000万元人民币。

董其昌当时亲手给冒襄写了一帖《月赋》，用的仿钟繇体。董小宛当时刚开始学书法，瞧见了这幅字，甚是喜爱，就开始到处找钟繇的字帖临摹。非常用功刻苦，雷打不动。突然有一天，冒襄发现董小宛改临摹曹娥碑了。

冒襄觉着奇怪，就问：“媳妇你怎么放弃钟繇体了？”

董小宛鼓着两腮，气哄哄道：“有一天，我临摹到钟的《戎辂表》，发现他把我最崇拜的关羽称作贼将。哼，再也不学他的字了！”

董小宛要是活在现代，肯定也是个美食博主。

她为冒辟疆发明了许多美食。

做盐渍梅花，连带着花蕊一同摘下来。盐渍后香味经年不散，颜色不变，想吃的时候取一枚来，梅花鲜红仿若刚摘。如果想喝茶，就把这渍了的梅花放到盛满的晨露中，瞬间花香异艳，喷鼻入口。有时候喝酒喝到微醺，取出数十种盐渍的花，五色缤纷浮动在白瓷盘中，既醒酒又好看。

她会做果膏，取五月的桃汁、西瓜汁，只要五月份的，撇干净穰和丝，再滤一道，用文火煎至七八分熟，开始加入糖，细细地搅炼。桃膏如大红琥珀，瓜膏似金丝内糖。

除了这些甜食，咸鲜的美味她也会做。

制豉，黄豆要取色取气，九晒九洗，做出来是熟豉粒粒可数，无论是香气还是味道都比寻常的好吃太多。

制红乳腐，要烘蒸五六次，数日就能做成，比人家做了三年的品牌还要好吃。

其他的，蒲藕笋蕨能制出异香。“火肉有松柏之味，风鱼有麂鹿之味，醉蛤如桃花，松虾如龙须，油鲳如鲟鱼，烘兔酥鸡如饼饵，脯如鸡粽，腐汤如牛乳。”

如果大明不亡，也许好日子会一直这样继续下去。

但是国破家亡，冒家开始集体逃难。冒辟疆一手搀扶母亲，一手搀扶妻子，催促后头落下的董小宛：“喂，你快点走！”

这？？？

后来又有一次逃难，也是顾不上了，冒辟疆干脆带着爹娘老婆，却丢下董小宛，还嘱咐她：“如果咱们还能再见，那就继续在一起，不能再见你就自己看着办吧！”

这！！！

还是冒家其他人看不下去了，劝冒辟疆带上董小宛，他才勉强同意。

就这样一个男人，后来生了重病，董小宛却卷席睡在冒辟疆床边，任劳任怨、喂汤喂药，取暖扇风照顾他，最后把自己给累死了。

冒辟疆后来写书赞美董小宛，说她“再大的艰难如履平地，再大的困苦甘之如饴”。

生活在现代的我们可能完全不理解董小宛的做法，但站在当时的角度上来看，董小宛之所以在一次又一次被嫌弃后仍对冒辟疆不离不弃，原因大概有以下几点：

其一，董小宛是位正能量小仙女，生活态度积极。比方说看月亮，她也能看出诗词歌赋人生哲理。说碧海青天，霜缟冰静，此时的月亮最有仙气。

其二，史上记载，董小宛虽是妓籍，却爱读道德文章，贤妻良母就是她的梦想。

其三，冒辟疆可能真的很帅吧。（有一次他游金山，路人们都觉得他是神仙。）

情缘曲折卞玉京

你听过陈圆圆，听过李香君，听过柳如是，但你未必听说过卞玉京。

卞玉京是谁？

她曾是秦淮八艳的投票王，《板桥杂记》里公布的实时投票排名。“李、卞为首，沙顾次之，郑顿崔马又其次也。"

李是李香君，卞是卞玉京。

她还曾是秦淮八艳里的颜值担当，每每微醺时，最是风流妩媚，颠倒众生。当时的金陵城流传着一句话，“酒垆寻卞玉京，花底出陈圆圆”。

卞玉京是土生土长的金陵人，原来也是官僚家的大小姐，后来家道败落，她同亲妹妹卞敏一道在秦淮河边出卖色艺。

而卞玉京的爱情故事，完全就是从玻璃碴里挑糖吃。

卞玉京遇到的命中注定的那个男子名叫吴梅村，就是写出前面我们提到的，“冲冠一怒为红颜”的那位。

这里还有段小故事，说是吴梅村这首诗是嘲讽吴三桂为了女人意气用事，吴三桂读到后很不喜欢，觉得影响他形象，便花重金找吴梅村，让他把这首诗删了。吴梅村却说，发都发了，大家都读到了，再删有什么用呢！

卞玉京是在一次宴会上遇着吴梅村的。当时满屋俊杰，她却一眼只相中他。

然后她就向吴梅村表白了，可以说是比董小宛还主动了。

吴梅村的反应呢，是“固为若弗解者”，假装听不懂。不说喜欢她，也不拒绝她。

咳、咳，这就……

一晃就到了七年后。

吴梅村去钱谦益家喝酒，卞玉京去钱家看望柳如是，四位老相识几乎就要碰到一起，如此难得，至少要坐下来喝喝酒什么的。但卞玉京却记恨着吴梅村当时的懦弱，躲在楼上不肯下来相见。

卞玉京坐在台阶上，手扶住栏杆，脑袋也倚在栏杆上。内心挣扎，既恨且爱，既想下去见面，缓解相思之苦，又熬着胸腔脖颈里的一股气，不肯下楼。栏杆上空抓出道道指痕。

楼上楼下，两人断肠。

又过了一年，卞玉京遁入空门，尘缘了断后的她获得平静，这才愿意同吴梅村见面。

旧人相见，灯光朦胧。卞玉京只是为吴梅村弹奏了几首曲子，而后，再也不见。

曲子悼的都是国破家亡，山河飘零。在大情怀下，男女情爱好与坏、孽与缘，已经不再重要了。

十年又十年，历史书上说，卞玉京最后在无锡惠山孤独病逝。而白发苍苍的吴梅村，颤颤巍巍拄着拐，佝偻着腰，独自赶往无锡拜谒卞玉京墓。

落木萧萧，天人永隔，他写了首《过锦树林玉京道人墓并序》——十年之前你不属于我，十年之后我不属于你。

而他给她写的前一首诗，还是十年前的《听女道士卞玉京弹琴歌》。

风尘侠气寇白门

寇白门，秦淮八艳之一，外号“女侠”。

是的，你没听错，一位名伎的外号是“女侠”。反差极大又如何，风尘中也自有侠气。

寇白门与其他姐妹不同，她家是世代娼门，也就是说一开始就处在靡靡诱惑中。

寇白门十八岁嫁给国公爷朱国弼。

明亡后，国公爷降清了。

事情不会那样简单，姓朱的投降，满人可不会轻易放过。于是朱国弼便打算卖掉家中歌姬、婢女、小妾等，换钱保命。这被卖掉的人中也包括寇白门。

寇白门便对朱国弼道："你若卖我，所得最多不过百金。如果你放我南归秦淮，一个月后，我还一万金。"

朱国弼自然答应，寇白门便着短衣短裤，翻身上马，也没带行李，就带着一位贴身婢女，一同打马返回金陵。

重回金陵的寇白门干脆筑园庭（又一位学李贞丽的），每天下午茶喝着，朋友交着。偶尔姐们有什么事，帮着出下头。就这样悠闲地过着，直到因病去世。

在乱世中寻找到属于自己的生活方式，活出自我，奇也，勇也。

一酬知己马湘兰

马湘兰在秦淮八艳中年纪最大，在某种意义上运气比其余人要好，因为年长，她并未经历国家破亡那一段。

马湘兰相貌并不算非常出众，但是气质清新脱俗，而且能诗擅画，尤其擅长画兰竹，相传这也是她名字"湘兰"的由来。

她的性格仗义豁达，积蓄了一些钱财后，经常做慈善，而且挥金如土，接济过不少落魄之士。而她的爱情，则是一段漫长的、跨越了数十年的故事。

王稚登是这个故事的男主角。

出场时，他是落魄秀才，她是秦淮名伎。二人俊男美女，抱负相同，一见如故，常常相携饮酒，共赏兰花。日子久了，渐渐就生出一些更进一步的打算出来。

马湘兰画了一幅兰花送给王稚登。其中只以一抹斜叶托着一朵兰花，寓意一叶之舟，托马湘兰超脱脂粉，留兰之幽香。

王稚登哪能不理解马湘兰的意思，但觉得自己只是一个穷酸秀才，无房无财，不能拖累了马湘兰，便装不懂混过去了。

自此姻缘错过。

之后，两人仍密切往来，是知音，是知己，是知心，却不是爱人。朋友之上，恋人未满。

这种感情就这样持续了三四十年。

时光如梭，到了王稚登七十大寿的时候，马湘兰年纪也很大了，却依然抱病从金陵赶到姑苏，为王稚登重新登台，高歌一曲，王稚登听得泪眼婆娑。

这似乎是两位暮年老人的夕阳狂欢，“宴饮累月，歌舞达旦”。只是这场贺寿耗掉了马湘兰所有的精力，她回到金陵后便一病不起，与世长辞。

但她画的兰花，和独创的画兰法却留了下来，画作至今还收藏在故宫博物院和日本东京博物馆。

秦淮八艳成绝响

明末亡前，秦淮河畔的旧院珠市是很风光的，我们可以从那时的记录里窥见。“凌晨则卯饮淫淫，兰汤滟滟，衣香一园；停午乃兰花茉莉，沉水甲煎，馨闻数里；入夜而擫笛搊筝，梨园搬演，声彻九霄。”

但明亡后清军铁蹄南下，制造了“扬州十日”和“嘉定三屠”，金陵城虽然没有遭到特大破坏，但人气已大不如前。

秦淮八艳这时候也容颜渐老，美人迟暮，嫁的嫁、出家的出家……但美貌终是传奇，才情仍令人叹服，她们或温柔，或傲气，或娇嗔，或狡黠。面对国破家亡的变故，烟花女子反倒比士大夫和世家公子更有气节。

秦淮河流淌了千年，流过王谢堂前，流出江南贡院，亦流过珠市旧院，历史长河里也有秦淮八艳一席之地。

如今你来到秦淮，在迷离的夜色里，泛舟河上或者依栏眺望，听一听江南丝竹小调，想象着华灯月色中，李香君素手挑开帷帐，你见着歌声婉转的陈圆圆，点头颂吟的柳如是，低头画画的马湘兰，微醺娇笑的卞玉京，持杯嗔怪的寇白门……这大概，才是迷人的江南。

人物小档案

秦淮八艳指的是明末清初江南地区南京秦淮河畔的八位才艺名伎，八人皆是芳华绝代，却又各有千秋，又称“金陵八艳”。

关于秦淮八艳有许多文学作品，我们一般提到的“八艳”是柳如是、顾横波、马湘兰、陈圆圆、寇白门、卞玉京、李香君、董小宛八位。但也有其他说法，加上了李十娘、龚之路、黄艳秋三人，去掉了马湘兰、寇白门、卞玉京。

总 经 理 | 常蓦尘
总 编 辑 | 熊 嵩
执行总编 | 罗晓琴
执行策划 | 马 飞
装帧设计 | 刘江南 肖亦冰
设计总监 | 李 婕
产品经理 | 马 飞
运营总监 | 蒋 雷
流程校对 | 胡博文 罗露露
宣传营销 | 蒋 惊

总出品 漫娱图书

图书在版编目（CIP）数据

进击的美人 / 南方赤火等 著 .—武汉：长江出版社，2019.4
ISBN 978-7-5492-6418-6
Ⅰ．①进… Ⅱ．①南… Ⅲ．①故事－作品集－中国－当代
Ⅳ．① I247.81
中国版本图书馆 CIP 数据核字（2019）第 073835 号

进击的美人 / 南方赤火等 著

出　　版	长江出版社 （武汉市解放大道1863号　邮政编码：430010）		
市场发行	长江出版社发行部		
网　　址	http://www.cjpress.com.cn		
责任编辑	陈　辉	开　　本	880mm × 1230mm　1 / 32
装帧设计	刘江南　肖亦冰	印　　张	7.75
印　　刷	武汉新鸿业印务有限公司	字　　数	220千字
版　　次	2019年4月第1版	书　　号	ISBN 978-7-5492-6418-6
印　　次	2021年12月第7次印刷	定　　价	35.00元

电话：027-82926557(总编室）027-82926806（市场营销部）